ベスト・エッセイ

THE
BEST ESSAY
2024

日本文藝家協会編

光村図書

ベスト・エッセイ　2024

目次

◆編纂委員作品

装幀　Boogie Design
装画　榎本マリコ

本書収録の作品は全て2023年に発表されたものです。

ベスト・エッセイ　２０２４

SF作家たちが空飛ぶ円盤を見た

山田正紀

私は黒澤明さんの「用心棒」の大ファンで、とりわけ作中、ピストルを操る仲代達矢さん演じるうのと呼ばれる登場人物を偏愛してきた。過去に遡って、仲代さん主演の「人間の条件」全6部作を探して名画座を彷徨(ほうこう)したりもした。

それで、仲代さんを中心とする俳優座の若手たちが、いかにまとまって映像に進出してきたか、ということに気がついた。まさに、キラ星のごとくといっていいだろう。どうやら、才能というのは集団として世に出てくることが多いものらしい、ということにも気づかされた。

私がそのことをわが身に引き寄せて強烈に痛感させられたのは、若いころにSF作家クラブに入れていただいたときである。星新一さん、小松左京さん、筒井康隆さん、光瀬龍さん、半村良さん、平井和正さん、豊田有恒さん……まるで誰かが配役をあつらえたでもしたかのように、お一人おひとりキャラクターが（その作風も含めて）きわだって異なっていて、しかも全体として見事なアンサンブルをなしている。それまで日本にほぼ皆無といってよかったＳＦという新ジャンルを日本に定着させるには、なるほど、これだけの人材とアンサンブルとが必要だったにちがいない、と納得させられたものである。

私がクラブに入れていただいた当初、若手がまだ私ひとりだったころに、ＳＦ作家クラブでどこかに1泊旅行に行ったことがある。バスで向かった。そのときに絶対にＳＦ作家が見てはならないものを見てしまったのである。つまり、「空飛ぶ円盤」を！

当時のＳＦ作家たちは、おりにふれ、何かにつけ、「常識外れのことを書くためには他の誰よりも常識家でなければならない」ということを喧伝してきた。「おかしなものを書くおかしな人たち」という誤解を――なに、じつはそうでもないのだが――避けるための涙ぐましい努力を払ってきたといっていい。それなのに。

こともあろうに、バスの行く手、フロントグラスの先にある空に「空飛ぶ円盤」――当時はまだＵＦＯという言葉は一般的ではなかったように思う――が浮かんでいるのである。しかも走れど走れど執拗についてきていっこうに離れようとはしない。

うかつな私が気がついているほどなのだから、バス内の誰もそのことに気づいていない、などということはありえない。気がついていながら見て見ないふりをしている。それがなぜなのか、はわかりますよね。

ついに誰かが——それが誰だったかは覚えていない、筒井さんだったか、平井さんだったか、豊田さんだったか——ああ、うう、と口ごもりながら、こう発言した。

「ああ、うう、あのう、バスのまえに見えてるの、あれ、何なんですかね。空を飛んでるみたいなんだけど、まさか、空飛ぶ円盤だなんてことはないですよねえ」

すかさず、こういうときには真っ先におもしろがって発言する星さんが、あなた、何言ってるんですか、とニヤニヤしながら言った。

「SF作家が空飛ぶ円盤を見たなんてことが世間に知れてごらんなさい。売名だと袋だたきされますよ。世間から抹殺されます。あれは空飛ぶ円盤なんかじゃありません」

「集団幻覚か何かじゃねえのか」

「何を言ってるんですか。小松さんともあろう人が。集団幻覚だと自覚したとたんにそれはもう集団幻覚じゃありえません。違います」

「ヘッドライトが雲に写ってる」

「昼間に何でヘッドライトがともるんですか。それに一点の曇りもない青空じゃないですか」

「気象観測の気球」

「だけど、あれ、どう見ても、海のうえなのよなぁ」と筒井さん。

大騒ぎになってしまった。なにしろ、ほかの誰にも増して常識人であるはずの自分たちが空飛ぶ円盤を目撃するなどというのはあってはならないことなのだから。

結局、いつも冷静沈着な光瀬さんの、「あれは飛行機の灯」という一言に、みんな無理やり納得させられたのだが、内心ではじつは誰も納得していなかったように思う。要するに、みんなで寄ってたかって、なかったことにしてしまったわけなのだ。

あれから50年近くが過ぎたいまも、そのときのことを思い出すと、ニヤついてしまう。ＳＦ牧歌時代のよき思い出である。なにしろ懐かしい。


やまだ・まさき（作家）　「日本経済新聞」二月二十六日

時折タイムスリップ

たなかみさき

ある夏の夕方、無性に蕎麦が食べたくなる。腹が減ったわけではないのだが部屋がどうにも暑いので、冷たい蕎麦で身体を冷やしたくなった。雪平鍋に湯を沸かし、蕎麦を茹でる。その間に薬味の支度をする。冷蔵庫にネギがあるのは知っている。だけど切るのが面倒なので、まるでネギが無いかのようなそぶりで行動する。私の脳にはそういうずるい機能がちゃんと備わっている。代わりにというのも変だが、海苔は必ず炙る。わさびは粉のものを水で溶く。こうして何となく人生のバランスをとっている気がする。それを都合よく言い換えるとこだわりとも言えるかもしれない。

蕎麦が茹で終わったのでざるに揚げ、水で冷やす。そのまま雪平鍋を受け皿にし、食卓へ出す。椅子に座り片膝を立てながら蕎麦を食べていると、フッと仕事終わりの母親が帰ってきそうな感覚になった。晩御飯の前に蕎麦なんか食べている事とか、行儀の悪さとかを咎められそうな気がしてハッとした。母とは離れて暮らしているのでもう急に帰ってくることも無いのだが、その一瞬だけ私は幼少期の身体に戻った。その時の私のうなじは、汗をかいて子供のようだった。身体ごとタイムスリップしたかのような感覚は、全く曖昧なものではなく生々しさに満ちていて、私は蕎麦を食べているシチュエーションを絵に描かずにはいられなかった。

フリーランスでイラストレーターをしている私は社会的に時間で縛られる事が少ないので、妙なことを思い出す時間が人より多いのかもしれない。絵に描かなかったとしても、この感覚は、ふとした瞬間にやってくる。

先日新しく買った洗濯洗剤の匂いが小学生の頃の友人宅の匂いとそっくりだった。私の身体はまた幼少期に戻る。その匂いを嗅ぎながら、私はニンテンドウ64のゲーム「マリオパーティ」をしていたのだった。そう、その時、ゲームが下手な私が珍しく一位になった。当時のマリオパーティは優勝すると使っていたキャラクターの絵が花火となって打ち上がるようになっていて、私は身長が低く、そんな自分と重ね合わせるようにいつもマリオを使っていたので、初めて見るマリオの花火を楽しみに待っていた。だが友人の一人が突然、花火が打ち上がる前にブチッとゲームの電源を切ってしまったのだ。「え……」私は言葉にならないままその子を見た。その子はその後一度もこちらを見ること無く私のマリオ打ち上げ花火は幻となった。それ以来、パーティゲームは苦手である。「普段温厚な友人を怒らせるくらいに私は優勝にはしゃいでいたのだろうか、しつこくマリオの声真似なんかしたのでは無いだろうか、初めて優勝したのだからそれくらい許してくれたってていいじゃないか、シンプルに私のことが嫌いだったのかな……」など考えてもしょうがないことばかり考える一日になっていた。

洗剤の匂いを嗅いだだけでここまで思い出してしまった。思い出したというには生ぬるい、追体験をしたような感覚に私は少し泣いてしまった。泣きながら洗濯物を干した。匂いから思い出される事柄はもっとロマンチックであるべきではないだろうか？

そういえば私の頭を嗅ぐなり「古いドーナッツの匂いがするね」と言った人がいた。彼は今、元気だろうか。

あるいは夏の曇りの日に玄関を出る瞬間、「あ、学校行きたくないな」と思っている自分に気がつく。学校なんてもう無いのに、その日の時間割まで浮かんでくる。曇りの日のプールの授業は寒くて最悪だ。真っ白い空と青いプール、何回掃除してもムチャッとした感触のプールサイド。

そして小学校のプールには謎の噂があった。プールの中にはおしっこに反応して色が変わる薬剤が入っているので、プールの中でおしっこをするとすぐにわかってしまうのだと。水泳が苦手だった私は、海などへ遊びに行かされる際、水中でおしっこをすることだけが唯一の楽しみだったので、この噂には震え上がった。その脅しの甲斐あり、私はプールでは絶対におしっこをしなかったのだが、プールの授業ではそのことばかり気にしてしまって、全然集中していなかった。あの薬剤の噂は本当だったのだろうか？

時折タイムスリップをするように身体が過去に引きずり戻される感覚は、誰しもが経験するものなのか。友人は、「確かに感じる事がある、そのような記憶をみずみずしいまま身体の中にストックできる人間が絵を描いたり、音楽を作ったりするのかもしれないね」と言った。そう言われてみると、些細でとるに足らないが、確実にそこにあったものを嗅ぎ当て、絵にしているのだなと最近は漠然と思う。

幼少期の記憶がやけに多いのは、私がまだ三十歳だからだろうか。これからも記憶は増え、抜け落ち、流れ、私が時折戻る時空も変化していく。ストックと言えるほど、自由自在に扱えないのが、なんというか記憶らしさを感じる。記憶については微粒子のようなものが後方を漂っているイメージがあったのだが、最近は奔放な生き物を連れているような感覚にも思える。時には手に負えないほどに不快で、ずるい事もする。だけど嫌いにはなれない。自分の記憶なのに、意思とは関係なく私を振り回すじゃやじゃ馬のような。

匂いや手触り、湿度などにまつわる記憶は言葉にするのが難しく、私には絵に描くことでしか表現できない。それを生業にしている身としては、いらない記憶なんて無く、それは私、あるいは皆がただ生きているだけで良いという証だ。

物事を言語化するのが苦手なので絵を描いているのに、それをこうして文章に書いている現状も不思議だ。また歳をとり、このエッセイを書いている瞬間を思い出す日が来るのだろうか。

今日の天気は晴れ、湿気が多く現在深夜零時半、キッチンで書いているのでうっすらと醤油の匂いがする。

たなか・みさき（イラストレーター）「群像」10月号

ＡＩと連歌を巻く

永田和宏

ＣｈａｔＧＰＴなど何かと話題のＡＩ（正確に言うと生成ＡＩ）だが、ＡＩと連歌を巻いてみませんかという魅力的なお誘いをいただき、先日東京でその会に参加してきた。ＡＩの驚異的な対応力、あるいは会話力について改めて解説する必要はないだろうが、彼らがどのように文を組み立てていくかは、単純化して言えば、ある言葉が来た時に、次にどんな言葉が続く確率がもっとも高いかを、これまでに学習したすべてのテキストから計算して割り出し、一語一語を繋（つな）ぎ、生成していくものである。ある意味、言葉と言葉のつながりがもっとも密な代表としての文が出来上がることになる。ＡＩが作った文章はどこか既視感があるとか、優等生的などと評される所以（ゆえん）である。

ＡＩを使って短歌を作ることは可能か、それは許されるのかといった問題は、この1年ほどのあいだに急上昇してきた、まだ解決のつかない問題である。しかし、一つはっきりしているのは、生成ＡＩが文を作る時と、私たちが短歌なら短歌という詩を作る時とでは、言葉の選択が真逆と言ってもいいような関係にあるということ。

たとえば「夕日」という言葉の後ろには、一般的には「美しい」などの言葉が来る確率は高いだろうが、短歌や詩ではそのような言葉の続き具合をもっとも嫌がるものである。出来合いの言葉、みんなが感じるような当たり前の展開はまずは避けたいところ。

そんなことも意識に置き、言葉の繋ぎ具合を競う連歌という場でＡＩと対決してみるのはおもしろいだろうと引き受けたのだった。当日はなんと私のこれまでの六千首あまりの歌をすべて学習した「永田くんＡＩ」まで登場して驚いたが、私とＡＩ、そして会場の聴衆も含めた、長句（五七五）短句（七七）のリアルな応酬は、期待通りおもしろいものとなった。

おもしろいだけでなく、ＡＩと連歌を巻く過程で、逆に詩を作るとはどういうことか、言葉そのものへの考え方、詩歌における言葉の選択の本質的な問題が炙(あぶ)り出されるように見えてきたのは、期待通りの展開であった。

そんななかで、当日会場でのトークで、私が指摘しておいた一つのことだけを書いておこうと思う。

言葉はどれだけたくさんあろうと所詮(しょせん)有限である。この意味で、私は「言葉は究極のデジタルである」と言ってきた。言葉を並べれば、どんな情景でも感情でも、まあ大体は表現できるだろうと思われるかもしれないが、所詮有限の道具を使って、無限の多様性に満ちたアナログの世界を、たとえば目の前の景色や自分の思いを、完全に表現し尽(つ)くせるものではない。私たちが持っている言葉は、現実の世界に対応するには隙間だらけなのである。

だから、何かを表現できたと思った時には、その背後に、圧倒的な量の、表現できなかったものがあることを思い浮かべておく必要がある。私たちは言葉で表現されたものを読むとき、どうしても「表現されたもの」にばかり意識や興味が行きがちであるが、それ以上に、表現できなかったもの、敢(あ)えて表現されなかったものにこそ思いを致す、実はそれこそが「読む」という行為なのである。先ほど言った隙間を読むことが大切なのである。

このような言葉というデジタル情報から、表現された内容を、さらに表現されていないものまで含めたアナログ情報を読み取ることは、機械にはできない。機械は、デジタル情報をデジタル情報に変換することは得意だが、アナログ情報をデジタル化したり、デジタル情報からアナログ情報を再構成することは決してできないのだ。デジタル—アナログ変換は、今のところ人にしかできない。

その意味で、創作という行為、そして読みや鑑賞という行為は、人にしかできないものと言ってよい。会場では、そんな指摘をしておいた。

さて、その連歌であるが、最新のＣｈａｔＧＰＴ４を使い、しかも当たり前の言葉の付け方にならないよう確率の低い語の選択を許すなど、いくつかのチャレンジをその場で模索しながら、会場と一体となって進行した。ＡＩの実力は、音数合わせが苦手ということも含めて、まだまだ人間には及ばないというのが正直な感想であったが、圧倒的なＡＩの進化の速度を考えると、１年後に対戦してみれば、結構、互角の応酬が期待できるのかもしれない。

ながた・かずひろ（ＪＴ生命誌研究館館長・歌人）　「京都新聞」十一月五日

脳科学者がイヌを飼ったら

明和政子

「ただいま」。玄関の扉を開ける前から狂喜乱舞して私を出迎えてくれる家族がいる。メスの雑種犬、ナナである。ぼそっと「おかえり」とつぶやく程度の娘との違いにはただ苦笑するしかないが、ときどき、娘をナナと呼び間違えてしまう私にも非がありそうだ。四年前、かの有名な忠犬「ハチ」ほどではなくとも、私を信じ、かけがえのない家族として長く付き合ってほしい、そうした期待を（一段レベルを下げて）込めて「ナナ」と名付けた。どうやら、その期待に応えて成長してくれているようではある。しかし、お手洗いにまでその都度ついてこられると、さすがに分離不安ではないかと心配になる。

私は、ヒトとチンパンジーを対象として、ヒト特有の社会性とその背後にある脳や心がどのように生まれ、発達していくかを明らかにしようとしている研究者だ。チンパンジーは、ヒトと系統発生上もっとも近縁な現生種である。化石資料と分子生物学の資料によれば、ヒトの系統はチンパンジーの系統と約六〇〇万―七〇〇万年前に分岐したとされる。両種のDNAの塩基配列は、九八・八％が同じであるという。この数字は、ウマとシマウマとの間でみられる差よりも小さい。

実際、京都大学ヒト行動進化研究センター（旧霊長類研究所）で生活するチンパンジーは、とても人間くさいコミュニケーション手段を使ってヒトと意思疎通を行う。チンパンジーが相手だと、それらを使わない点もおもしろい。手が届かない場所に欲しいものがあると、チンパンジーはヒトに対して指さしを使って要求する。離れた対象物に向かって人さし指をはっきりと立たせるのではなく、手を伸ばすようなしぐさである。また、私たちが「それ、とって！」と指さしで要求しても、チンパンジーはこちらの意図を正しく理解し、応えてくれる。座って、降りて、おいで、などのジェスチャーによる指示も理解している。

こうしたやりとりを初めて見たとき、鳥肌がたった。誰かがチンパンジーの着ぐるみを着ているのではないかと疑ってしまうくらいの衝撃であった。やはり、チンパンジーはヒトと認知能力の多くの部分を共有しているのだと実感した。

しかし、私自身が発達研究を進めていく過程で、両種の間に目立った違いが現れる時期があることに気づいた。ヒトは生後九カ月頃から、ヒト独自の社会的行動を見せ始めるのである。他者が注意を払うモノや出来事を自発的に目で追い始めたり（視線追従）、知らぬモノに出くわしたとき、養育者とそれを交互に見比べて何かしらの情報を得ようとする（社会的参照）。さらに、要求の指さしを超えて、自分が興味のあるモノや出来事を指さすことで相手の関心を引き寄せ、共有しようとする（共同注意）。つまり、「自己―他者」や「自己―モノ」といった二項の関係を超えて、「自己―モノ―他者」の三項からなる社会的行動への発展である。

他方、チンパンジーでは、三項関係による社会的行動は、飼育下、自然環境下を問わずほとんど見られない。チンパンジーのお母さんが何か珍しいモノを持っていると、そこに子どもが近づいていき、自分でもそれに触れてみようとする場面は多く見られる。それは一見、三項関係のように見えるかもしれないが、ヒトの子どものように、モノとお母さんの顔を交互に見比べたり、モノをお母さんに見せたり、指さしてお母さんの注意を引きつけることはない。お母さんのほうも、子どもにモノを積極的に見せたり、持たせたり、使い方を教えたりすることは一切ない。いざというときには体を張って子どもを守ろうとするので、子どもに無関心なわけではない。子どもの行動を褒めもせず、叱りもせず、導きもせず、ただそばでじっと見守るだけだ。

チンパンジーを見ていると、なぜヒトは過剰なまでに他者と行為やその背後にある心を共有したがるのか、不思議でならない。ヒト特有の社会性が芽ばえる根幹はこのあたりにあるに違いない。長い間、私はそう信じてきた。しかし、ナナと暮らし始めてすぐに、そうした見方は再考を迫られることとなった。

たとえば、ナナと散歩の途中、見知らぬイヌやヒトがこちらに近づいてくると、ナナは必ず社会的参照らしき行動を見せる。「あいつ、怖くない？　大丈夫？」と訴えかけるかのように、私の表情を何度も繰り返し確認するのである。これは本当に社会的参照なのだろうか。研究者として確かめてみたいと思った。そこで、ナナが私の顔を見上げたときに「にっこり笑う」「怖い顔をする」の二つの条件で彼女にフィードバックしてみた。予想は的中した。にっこり笑い返してやると、見知らぬイヌやヒトの接近を受け入れ、反対に怖い顔をすると、私に抱っこをせがんで安全な場所を確保しようとするのだ。うちのナナはなんと賢いのだろう！　そう思ったのだが、後で友人に聞くと、友人が飼っているイヌも同じことをするらしい。

もうひとつ、ヒトとのコミュニケーションにおいてチンパンジーと決定的に違うと感じる点がある。それは「見つめあい」の頻度と長さである。ヒトは、霊長類の中でもとりわけ顔と顔とをつき合わせ、見つめ合うことが大好きな種である。見つめ合いをおこなうのはヒトだけではない。大型類人猿をはじめとする他の霊長類でも、見つめ合うコミュニケーションは確認されている。しかし、ヒト―ヒト間での見つめ合いの頻度や持続時間は、他の霊長類でみられるレベルをはるかに超えている。たとえば、ヒトの養育者と赤ちゃんが見つめ合う場面では、持続時間が六秒を超える割合は全体の二〇%を超えるとの報告がある。見つめ合う頻度が比較的高いといわれるチンパンジーですら、六秒を超える長い見つめ合いはめったに起こらない。相手の目を長く見つめているように見えても、実は目の周りの毛をグルーミングしている場合がほとんどである。

こうしたイメージをもっていたので、ナナがなぜ私をじっと見つめてくるのかよくわからなかった。チンパンジーと同じく、あるモノが欲しい、と私にはっきり伝えてくることは多い。しかし、私をただひたすら見つめ続けることも同じくらい多いのだ。その行動に何らかの意図や要求が込められているようには思えない。試しに、どのくらい見つめ続けるのか、こちらも視線をはずさないようにして時間を測ってみた。三〇回計測して、ナナが自発的に私から目を離すまでの時間は、およそ八秒であった。ヒト同士でもこれだけ長く見つめ合うと、かなり疲れを感じるのではないだろうか。ちなみに、比較対象として娘とナナの見つめ合いも調べてみたが、その時間は圧倒的に短かった（平均二秒）。この明らかな違いに、ナナへの愛は増すばかりである。

ナナとの生活は、チンパンジーになじみがある者には驚きの連続だ。しかし最近、麻布大学の菊水健史先生たちによる研究を知り、いろんなことが腑に落ちた。イヌは、飼い主と離れ、しばらく経ってから再会すると、じゃれついてくるだけでなく、涙まで浮かべるというのだ。そのときの涙の量は、飼い主以外の顔なじみの人と再会したときよりも多いらしい。また、涙の量は愛情ホルモンとも呼ばれるオキシトシンの分泌とも関係していたという。この現象について研究者はこう解釈する。イヌは、ウルウルとした涙目を飼い主に見せることで愛おしい気持ちを高めさせ、大切に扱われるようになる。その結果、生存可能性が高まる。なるほど、ナナから長く見つめられることで、こちらのオキシトシン値も高まっていたのか。私は、彼女の生存戦略にまんまとはまっていたわけだ！

「ヒトとは何か」を知りたくて研究を生業としている私にとって、チンパンジーは「師」である。チンパンジーを鏡としてヒトを重ね合わせると、ヒトだけ見ていては気づかない人間らしい側面がはっきりと浮かび上がってくる。チンパンジーとヒトの間にあるほどよい距離は、ヒトが自らの存在を思考し、客観的に理解する手がかりを与えてくれる。

他方、イヌとの距離は私にとってあまりに近すぎる。イヌは、ヒトと共生する環境において適応的に働く脳と心を進化の過程で獲得してきたがゆえに、ヒトの脳が予測、期待するとおりのふるまいをする。イヌとは意気投合する場面があまりに多すぎて、自己を冷静に振り返る機会がなかなか得られない。その意味において、イヌは私にとって師ではない。辛いときも嬉しいときも、何も言わずにそばに寄り添い、身体も心も共有してくれる「分身」という表現がぴったりだ。

私の人生において出会ったチンパンジーもイヌも、そしてヒトである私の子どもたちも、それぞれは大きく異なるが、いずれもが美しい輝きを放ち、生命の尊さを日々実感させてくれる。「いま・ここ」の時空間で偶然出会い、ともに生きているかけがえのない存在をとても愛おしく思う。

みょうわ・まさこ（京都大学大学院教育学研究科教授）　「図書」3月号

母との遭遇

ラランド・ニシダ

大嫌いな母に会った。三年半振りである。

二〇二〇年三月、わたしは七年通った大学を退学することになった。それが引き金になってわたしは家に帰らなくなった。ちょうどその頃、芸人としてテレビに出られるようになり、コロナウィルスの蔓延があり、わたしの人生史において動きの多い一年だった。実家の出入り禁止を言い渡され、そこから友人の家に居候して追い出され、彼女の家に転がり込んで今に至る。今年で二十九歳。大谷翔平、羽生結弦と同い年。いまだ家賃を払ったことがない。

わたしは芸人として今生きている。人前でお話しすることが主な仕事だ。両親との確執も勿論話す。話せる範囲のことはなんだって話したい。

語ることは即ち追体験である。両親との関係は何度も追体験され、簡略化され、整理整頓され、わたしの記憶に格納されてきた。この三年間、以上の作業をテレビやラジオ、YouTubeで何度も繰り返し、わたしの中で両親との関係はある程度記号化されているのではと感じていたのだ。

しかし、百聞は一見に如かず。会って思い出した。わたしは母が今でも生々しく嫌いだった。

母と会ったのは、九月に開催された『内村文化祭』というライブの終演後のことだった。芸人として大先輩である内村光良さんのライブにコンビでゲストとして出演させていただき大変に光栄だった。

母はチケットを買ってやって来た。出演者であるわたしに連絡を取ればチケットを手配出来るのにもかかわらず。不仲であるから、連絡をもらったところでチケットを手配しようとするかどうかは別として、家族が観に来るというのはそういった方法が普通だ。

相方がライブの途中に「ニシダの母親来てるらしいよ」と教えてくれたのだ。ちょうど舞台袖で待機をしている途中、出番二十秒前のことだった。

会うことはないと思っていた。関係者であれば終演後に挨拶をすることもあるだろうけれど、チケットを買って来た、あくまで一お客さんとしてであれば、たとえ家族であろうと会うことはない。不仲が理由ではなくそれが普通だからだ。

しかし、誰の計らいか、いやはや策略か、母は終演後にバックステージにやって来た。マネージャーに呼ばれて楽屋を出ると、大勢のスタッフ、演者、関係者で溢れる廊下の隅に母は立っていた。あたりを物珍しそうにキョロキョロと見回して。

恥ずかしかった。親が自分の職場で、迷子の子どものように小さく立ち尽くし、興味本位を抑えられない様子で辺りを盗み見ていることが。本心、冷静ではいられなかった。

マネージャーに連れられ母の元に行き、お疲れとだけ声をかけた。それ以外に何を言えば良いのか分からなかった。母はわたしを見るなり「謝罪なら聞きますけど」とだけ言った。大声を出してしまいそうだった。大先輩のライブに出演させて貰い、その楽屋前であることは分かった上で大声で何か言ってやりたいと本気で思った。

実際のわたしは無感情を声に乗せようと小声で、はい、と言うだけだった。

マネージャーが見兼ねて、間を取り持とうと話を振ってくれる。会うの何年振り？と、わたしに話しかけているとも母に話しかけているとも取れる、実に絶妙な言い方で問いかける。その間も母は太り過ぎじゃないかとか最近テレビで見ないだとか、駄弁を弄する。何故そんなことを、わたしにとって大変光栄なライブの終演後に、迷いもなく語れるのか分からず呆れてしまっていた。何を言われても分かったと答えたけれど、その語尾は肺が震えて途切れ途切れになった。

わたしは会話に盛り上がりを作らないように努めて相槌を打った。その甲斐もあり、数分で母の喋り気は消え失せたようで、マネージャーが母にふんわりと帰りを促してくれた。

「じゃあまたね」母が言う。その刹那に母がちらりと廊下の少し遠いところにいる内村さんを見たのだ。その時はなにかきゅっと心が締め付けられるような、感じたことない侘しさを感じた。

「内村さんと写真撮れないかな」考えるより先に言葉になっていた。マネージャーはわたしの言葉を聞いて、気まずそうな顔をしていた。座長として忙しなく働いている内村さんに声を掛けるのは憚られるなぁ。表情が一字一句そう物語っていた。

わたしは内村さんの側に行き、母を紹介した。内村さんは快く了承してくださり、三人で写真を撮った。母は嬉しそうだった。その嬉しそうな顔は、自分でも不思議なほどに腹立たしかった。

あの一瞬のわたしの揺らぎはなんだったのだろう。母のあの表情から受け取った、涙が出そうになるような切なさ。わたしは今でも両親が嫌いである。両親とわたしはずっと不仲だった。大の大人が親と不仲なんてエッセイに書くことは大変恥ずべきことだと分かっている。大学を退学し、親の許しもなく芸人になったわたしに一定の非があることも分かった上で、それでも両親が嫌いだ。この気持ちは幼い頃からの積み重ねであり、許すことがどうやったって出来ない。何にも昇華されることない憎しみが確かにある。育ててくれたことへの感謝の気持ちがないわけではない。けれどその感謝の上に分厚い地層のようにコーティングされた憎悪があるのだ。次に会うのは、父か母が棺桶に横たわっている時だと本気で思っていた。

そう思っていながら、あのときわたしを動かした心の動きが理解できずに今も苦しんでいる。写真を撮り終わってからの狼狽する母に対しては、普段通りに憎しみを向けることが出来たのも余計に不可解だ。あの一瞬をどう理解するのか。それによってこの先の生き方が左右されそうな切迫した感じがする。

血縁は切れるものでない。永遠に続く。親子であるという事実は未来永劫変わらない。父と母のＤＮＡがわたしを形作っていて、取り消すことも取って代わることも出来ない。しかしわたし自身の感じ方や考え方も変わっていく。良い方向にも悪い方向にも変わっていく。きっと親との和解は、一般的に言えば、良い変化なのだろう。

けれど変わりたくない。それほどに嫌いなのだ。いつか変化が訪れたとき、わたしは自分自身を許容して生きられるのだろうか。

ららんど・にしだ（芸人・作家）「新潮」11月号

爪を塗る

高瀬隼子

爪が丸い。横長で短く、ぺちゃんこで不格好だ。子どもの頃から自分の爪の形が嫌いで、人前に出る時は手をぐーの形にして、なるべく爪を見られないようにしていた。

昔読んだ少女漫画に「きれいな子って、爪の形まできれいなのね」というセリフがあった。なんの漫画のどんな話だったかは覚えていないのに、このセリフを苦し気に吐き出していた女の子の絵だけははっきりと覚えている。

卵型の美しい爪を持つ人たちが羨ましかった。手が大きくていいね、と言われたことがある。わたしは手のひらが広く、指をぐっと開くと、親指と小指がかなり遠く離れて見える手をしている。いいね、と言った人はピアノを弾く人だった。わたしはピアノを弾かないので、この手で得をしたのは、飴(あめ)のつかみ取りで誰よりもたくさんの飴を獲得したことくらいだ。手が小さくてもいいから、繭のような縦長の爪が欲しかった。

社会人になって、職場の先輩にそんな話をすると、「自分の爪が嫌いなら、ネイルすればいいじゃない」と勧められた。嫌いなものにお金と時間をかけるなんてばかばかしいと思って、一番遠ざけていたおしゃれのひとつだった。「なおさらやろうよ」と言われた。

初めてのジェルネイルは桜色だった。マニキュアとは違って、お湯でこすっても落ちず、長持ちする。オフィスにもなじめる色でお願いします、とオーダーして塗られたその爪は、ほとんど元の爪と同じ色なのに、全然違った。つるりと、ぷくりと、していた。

仕事をしていても、小説を書いていても、爪はそこにあって、視界の端でぴかりと光った。コーティングされた短い爪は、愛らしいと言えなくもなかった。短いがゆえにころんとしたフォルムが、しじみの貝殻みたいだった。なるほど、こうしてお金と時間をかけて、自分の嫌いなものをなくしていくのが、大人になるということなのかもしれない、と思った。

そうして満足すると、ネイルをしていない時の爪も、それまでほど嫌ではなくなった。素のままの爪は、相変わらず不格好だったけれど、いつでもあの貝殻のような姿になれるのだと知っていると、それだけで自分を納得させることができた。

ネイルをすると爪は素敵（すてき）になるけど、いつものリズムで小説が書けなくなるという支障も出た。書くものが妙に前向きになってしまうのだ。「ほんのり気持ちが明るくなる」

という、本来はいいことであるはずの、けれど小説を書くわたしにとっては致命的にまずく感じられる、独特の弊害だった。

取材で写真を撮られる機会が増えて、ある時、手元のアップを撮ることになった。わたしが文字を書いている絵が欲しいのだという。何も塗られていない素のままの爪を、テーブルの下で手を握りしめて隠したが、すぐに開いて、ぎくしゃくした動きでペンを手に持ち、カメラマンに言われるがまま、メモを取るポーズをとった。

ネイルとかはあんまりしないんですね。尋ねられて答える。爪を塗ると、小説を書く時に気になってしまって。答えながら、わたしはほっとしている。自分の爪の形は相変わらず嫌いだけれど、それより小説を優先できていることに。だけど、と思う。次に元気がなくなった時は、自分のためにこの丸っこい爪を、その日好きだと思った色に塗ろう。

たかせ・じゅんこ（小説家）　「日本経済新聞」二月十三日・夕刊

堆肥になる

鵜飼秀徳

あのマッコウクジラ「淀ちゃん」はいま、海の底でどういう状態でいるのだろう。

今年1月、大阪湾に迷い込み、息絶えた一頭のクジラ。亡きがらの処理を巡って、意見が飛び交った。結果的には大阪市長が「海からきたクジラくんだから、海に還(かえ)してあげたい」とし、「海洋葬」となった。

クジラは魚介類や微生物に分解され、多くの生命を生み出す源泉となっていくことだろう。野生生物は墓をつくらない。一生を終えれば、地球の循環システムに組み込まれるのだ。

人間もまた、大自然を構成する要素である。しかし、高度な知能をもつわれわれは「生きた証としての墓」を建立し、そこに納骨する。生命サイクルにはほぼ寄与しない。そういう意味では、人間の死後処理はあまりエコではない。

その実、死後の自然回帰を希求する人が増えている。それは樹木葬や海洋散骨といった「自然葬」への需要の高まりにみてとれる。

2022年にお墓を購入したおよそ半数が、樹木葬を選んだという調査もある。流行(はや)りに乗るわけではないが最近、小刹(しょうさつ)も苔(こけ)庭風の樹木葬区画をつくった。じめじめした雰囲気はなく、見た目も緑が映えて美しい。

しかしながら樹木葬のほとんどが、生命循環システムに入ることはない。火葬骨をカロート（納骨箱）に納めるからだ。運用の実態としては一般的な墓と同じ。樹木葬はあくまでも「自然回帰のイメージが持てる」というだけである。

海洋散骨も、大自然と溶け合う死後のあり方だ。

昨年2月に亡くなった作家で元東京都知事の石原慎太郎氏は、遺言通り神奈川県葉山の海に還った。海を愛した石原氏らしい弔われ方だ。

海洋散骨を選んでいる人は現在、全体の1％ほどだといわれている。将来的には2％程度まで増えるという試算もある。

海洋散骨では全骨を海に流した場合、手を合わせる場所がなくなってしまう。そのことを理解した上で、後悔しない選択をしてもらいたい。

自然に回帰――。このフレーズだけで人はどこか納得し、死後の安住が得られるような感覚になる。

米国では、究極の自然葬が誕生した。なんと人体を堆肥にし、自然に戻すという。「コンポスト葬」と呼ばれ、2020年のサービス開始以降かなり需要を伸ばしているという。

遺体はオーガニックウッドチップが敷き詰められた容器に入れられる。堆肥化を促進させるために、二酸化炭素や窒素、酸素、水分などを制御できるカプセルの中に入れられ、そこでバクテリアなどの微生物を増殖させて腐らせる。ひと月ほどかけて分子レベルで分解され、土へと還っていく。最終的には、1体あたり85リットルほどの土壌ができる。この栄養豊富な土壌は、園芸用堆肥に使われたり、保護林に撒かれて森林を構成する要素になったりするという。

コンポスト葬は、本物の循環型の自然葬といえるが、なかなか生々しい。日本人にとってコンポスト葬は時期尚早か、葬送のあり方を変えてしまう新たな潮流になるか――。

うかい・ひでのり（ジャーナリスト・僧侶）　「京都新聞」五月十五日・夕刊

当たり前の幸せ

ズラータ・イヴァシコワ

昨年の2月24日、私の人生は大きく変わることになりました。愛する故郷ウクライナがロシアからの侵攻を受けたことによって、普通の生活が立ち行かなくなってしまったからです。

それまでの私は、毎日何事もなく平穏に過ぎていく暮らしを特にありがたいとも思っていませんでした。それどころか、そんな日常に少々退屈し、いつか必ずここから羽ばたいて夢を実現させようと、そんなことばかり考えていました。自分に都合のよい変化を思い描いては「いつか今よりも幸せになろう」と胸を高鳴らせていたのです。

私の夢とは、故郷での基礎的な勉強を終えたら、大好きな日本に留学して、漫画家になることでした。母に負担をかけないように自分で費用を工面できたら、いつかそんな日が来たら必ず実現させよう、それが私の心の支えでした。

〝変化〟は突然やってきました。ただし、それは私が想像していた類いのものではなく、不気味な空襲警報と爆撃音、死と隣り合わせの恐怖とともにやってきたのです。自分の人生が戦争と関わることになるなど、考えたこともなかった私は、今日一日の命があることの大切さを、初めて身をもって痛感したのでした。

それまで当たり前にあったものが一瞬で消え失せてしまいました。人は失って初めて、そのものの大切さに気づくといいますが、本当にそのとおりです。朝目覚めて学校に出かける。授業を受け、友達と笑い合い、帰宅して家族と過ごし、温かいベッドで眠る。ただそれだけの、あれほど退屈に思えた日常のどれもが、どれほどかけがえのないものだったか、どれほど素敵で恵まれたものだったか、身に染みてわかったのでした。

その後、母の後押しを受け、多くの方々の支援を得て、紆余曲折のすえ、ポーランド経由で日本に避難できた私は、今、かつて夢見た日本での生活を送っています。思いがけない形ではありましたが、夢は徐々に叶いつつあります。けれどもその夢はかつてのようにフワフワしたものではありません。来るか来ないかわからない明日に幸せを託すのではなく、今日この一日を精一杯に生きることこそ幸せなのだと、今は痛いほどわかるからです。

かけがえのない人たちと一緒にご飯を食べ、学校へ行く。帰宅したら宿題を片付け、お風呂に入る。そんな毎日です。でも、眠るときに「明日も目覚められるかしら?」なんて心配はしなくてもよいのです。そんな当たり前の日々が、とてもありがたく、幸せなことに感じられます。

今この瞬間、瞬間を、精一杯自分を出し切って生きる。それができたならもう十分。それ以上に望むことなどありません。それが私にとっての幸せです。そもそも、生きていることそのものが「何ものにも代えがたい最大の幸せ」なのです。今の私は心からそう思っています。

ずらーた・いゔぁしこわ 「JAF Mate」冬号

饒舌な人

阿川尚之

「饒舌な人」とは、どんな人だろう。国語辞典で「饒舌」を引くと、「多すぎるほど喋ること」「多弁なこと」「おしゃべり」と、概ね否定的だ。しかし漢和辞典によれば、「饒」には「豊か」「ゆとり」という意もあるようだ。

この字の右側「堯」は、本来背に高くものを担いだ人の姿を現す象形文字で、背の高い人、転じて高位の人を表す。それを「食」と合わせて「饒」、「舌」を加えて「饒舌」。貴人が豊かな食事をすれば、「舌」が滑らかになるらしい。

最初の留学以来、アメリカ人がよく喋るのに感心する。ロースクールの授業でも、特に1年生はソクラテス方式と言って、対話を通じて教師が学生に懸命に考えさせ発言させて法律を教える。何よりも自分自身で考え、それを論理的に他人へ伝える訓練をする。喋らねば始まらない。

米海軍大学で学んだ某海上自衛隊幹部も、授業で懸命にノートを取っていたら、教官から「君はクラスにいるが授業に参加していない。間違ってもいいから、自分の考えを述べよ」と叱責されたそうだ。

ただし、よく発言する人物が、深く理解しているとは、限らない。ロースクール1年目、まだ法律を知らない学生が授業で堂々と自説を述べる。隣の学生に、「とてもついていく自信がない」と伝えたら、「心配するな、奴もわかっちゃいない」と、ニヤッと笑った。

それから2年後、学生の就職が次々に決まるころ同級生と食堂で出会ったら、自分はなぜテキサスの地方都市の法律事務所に就職するかを滔滔と語る。どうも名も無い事務所への入所を、喋ることによって正当化しているらしい。

個人を中心に社会が動くアメリカで、人はそれぞれ自己を主張し、正当化し、競争に勝たなければ成功しない。そんな社会で一部の人は不安に駆られ多弁になる。

一方日本では、それほど自己主張しなくても、自分を正当化しなくても、生きてゆける。ことばはむしろ周囲との調和を図るための手段であるように思われる。

四十数年前ソニーに勤務していたとき、日米財界人会議スタッフの準備会議があり、出席した。本番の会議で大手各社のトップがどの順番で何を発言するのか、その相談のために一度各社の担当部長が集まる。この部長会議での各社の発言について相談するために、我々が招集された。米側のトップが自由に自分の考えを披露するのに対し、日本側トップの発言はすべて事前に調整する。

今の日本では、随分自由に自己主張できるようになった。饒舌な人も増えたように思う。それでもまだ見えない枠があり、それを超えると顰蹙を買う。むしろ新種の自己規制が増殖しているようにも感じる。責任のある地位にあり本当の事を知る人は口が固い。皮肉なことに、この結果テレビのワイドショーなどで、タレント評論家の薄っぺらな喋りは、実害がない限りしたい放題だ。

内容のない喋りが蔓延する一方、本当のことを言いにくい社会で、多弁であろうとなかろうと、深い含蓄とユーモアに満ち、時に棘さえある言葉を発する本来の意味で饒舌な人は、稀である。

あがわ・なおゆき（慶應大学名誉教授）　「京都新聞」四月十三日・夕刊

長野さんは陸を泳ぐ

くどうれいん

鎌倉だ。本当に鎌倉に来てしまった。四月下旬、わたしは紺色のキャリーバッグを曳いていて、「鎌倉駅」の看板の前でしばし立ち尽くした。その日、鎌倉は暑かった。長袖のシャツにジレを羽織ったわたしは、東北では薄着のほうなのに、ここでは厚着で目立った。ゆるい風が吹くたびにもわりと分厚い空気がわたしを包み込んだ。すこし潮の匂いがする。これから二時間後に、わたしはついに、絵本作家の長野ヒデ子さんに会う。

一月末にとある新聞の書評の依頼を受けた。懐かしい一冊を紹介してほしいとのことだったので、絵本にしようと考えた。真っ赤な鰭にハイヒールを履いた鯛のおかあさん、「せとうちたいこさん」のきゅるりとした瞳を思い浮かべた。長野ヒデ子さんの書いたその本を、わたしは小さなころ大好きだった。好奇心旺盛で、なんでも「やってみタイ!」「いってみタイ!」というたいこさんが、海を飛び出し街に繰り出して、思う存分デパートをたのしみ尽くす『せとうちたいこさん　デパートいきタイ』の書評はするすると書けた。すると、掲載されて間もなく絵本の担当編集からメールが届いた。

「くどうさん、長野ヒデ子さんが、くどうさんにお手紙を出したいとのことです！」

ええっ。わたしはそのメールを何度も読み返した。ご本人が、お手紙を。住所をお伝えするとほんの数日でレターパックが届いた。レターパックの余白には大きく、「たいこさん」がビールを持って、「れいんさん、うれしい！」と言うイラストが添えてあった。「たからもんだ」と小さく呟いて、カッターを使って丁寧に開けた。ぱんぱんのレターパックには、書評への御礼とたいこさんグッズがたくさん入っていた。お手紙には「ながのひでこ」と「くどうれいん」であいうえお作文まで！　レターパックにぎっしり詰まったヒデ子さんの遊び心にわたしは圧倒された。相手は大ベテランの絵本作家。返信には緊張したけれど、とにかくこの感動とうれしさをつるんとすばやく伝えるべきだと思った。わたしとヒデ子さんの年齢は五十歳以上違う。もちろん絵本作家としても圧倒的に大先輩だけれど、ヒデ子さんからはまったく偉そうな感じがせず、驚くほどの気さくさがあった。

文通が始まって「鎌倉にぜひお越しください」と言われるまでに何往復もかからなかった。「秋ごろになったら行きたいと思います」と返信するよりも先に「四月がおすすめです、よかったらアトリエに泊まってください」と言われた。そのとき既に三月下旬だった。こころの準備が、とか、旅の準備が、とか、そういうことを言っている場合ではない。ヒデ子さんが、四月の鎌倉がよいと言っている。ならば行くしかない。

ヒデ子さんとの待ち合わせまでの二時間、まずは海に行くことにした。ぼーっとした頭で観光するよりも、憧れの人に会う前に海へ行くほうが儀式のようでおもしろいと考えた。汗だくでたどり着いた海は、ふつうの海だった。おまえさんの特別な一日なんて知らねえよ、とでも言うようなふつうの海がうれしかった。遠くにサーファーがいて鎌倉だった。お腹が空いたのでベルグフェルドでにしんのサンドイッチとキャロットケーキを食べて、それからたまたま通りかかった陶器展に立ち寄り、竹花正弘さんの白瓷輪花六寸平鉢という白い花のようなお皿を買って自宅に送った。衝動買いだった。上品で豊かな佇まいの白磁を眺めているうちに、これはもう我が家に置くしかないと思った。店主は送り先が岩手県盛岡市であることがわかると「東北からいらしたんですか」と驚き、「いまはじめての鎌倉に着いたばかりなんです」と言うとさらに驚いて「それで、お皿買っちゃったんですか」と言うのでふたりで笑った。タクシーでヒデ子さんのアトリエまで向かいながら、わたしは緊張すると海へ行き、にしんのサンドイッチを食べ、白磁を買うのか。と、誇らしく思った。

ヒデ子さんは絵本のような人だった。美しい白髪に、おしゃれな赤い眼鏡。紺色の半袖のニットを着て「あらまあ！　れいんさん！」と言われたとき、わたしは、ほ、ほんもの。と腰が抜けそうだった。人柄の良さがぶわっと染み出ているような感じがした。まだちっとも会話をしていないのに、わたしはこの人のように年を重ねたい、と強く思った。さっきまで打ち合わせをしていたという担当編集さんと、ヒデ子さんと、わたしの三人で、ヒデ子さんのおうちでお茶をいただいた。担当編集さんがいてくださってよかった。ヒデ子さんとふたりきりだったら、緊張で何も話せなかったかもしれない。ヒデ子さんは台所と行ったり来たりしながらおいしい中国紅茶を淹れて、おいしい塩昆布とおいしいアップルパイを出してくれた。担当編集さんとわたしが偶然にも同じ大学の同じ学部出身だと判明すると、その偶然をいちばん喜んだのはヒデ子さんだった。「わあっ、すごいすごい！」と手を叩いてヒデ子さんは喜んだ。わたしが宿泊するアトリエを見せていただくと、これがものすごかった。いたるところに著名な作家や画家の作品が置かれている。「これはまど・みちおさんからもらったの」「こっちは佐野洋子さん」「これは長さん、長新太さんね」。書斎には小さい人形や楽器のようなおもちゃが置かれていて、それはヒデ子さんが旅先で買い集めたものだという。「この部屋で井上ひさしさんが「組曲虐殺」の戯曲を書かれたの」。わたし、本当にここに泊まっていいのか。お手洗いに行くたびにほっぺをつねった。

そのまま三人で外へ行き夕飯を共にした。たいへんおいしいお刺身で、しらうおが発光していた。ヒデ子さんはつぎつぎと、そうそう、そいでね、といろんな思い出話を聞かせてくれた。ラジオだったら伝説のエピソードトークになるようなおもしろい失敗談の数々。ヒデ子さんののんびりとした優しい話し方もあって、腹を抱えて笑ってしまった。東京までの終電に間に合うように担当編集さんが帰られると、もう二十二時を回っていた。八十代のヒデ子さん、こんな遅くまで外食していられるなんてお元気だなあと思っていたら「ふたりでバーに行きましょうか」とおっしゃるのでたまげた。

素敵なバーでわたしはモスコミュール、ヒデ子さんはアイスココアを飲んだ。わたしにはどうしても、ヒデ子さんに会ったら聞きたいと思っていることがあった。わたしはその頃、長らく絵本の原稿に編集さんからのＯＫが出ず、赤字を貰っても、どうしてそれが直されるのか腑に落ちていないようなところがあった。直せば直すほど自分から物語が離れていく。もう半年近くうまくいっていなかったのを、ヒデ子さんに聞けばなにかヒントを貰えるのではないかと思った。

「わたし、最近絵本を書いても書いても直されてしまって、ここをもう少し、って言われることがあっても納得できなくて上手く直せないんです。ヒデ子さんは絵本を直すように言われたとき、どういう気持ちで直しますか?」

と押し出すように何とか話し終えると、カップを持ったヒデ子さんは、「なおす?」とこころからはてなマークを浮かべたような顔をした。わたしは、そうか、と震えた。ヒデ子さんはそもそも、あんまり絵本を直されないのだ。

「なおさなくったっていいじゃない、気に入っているなら」

わたしはぐあー、とテーブルにおでこをついた。確かに、と思うと同時に、本当にいい本なら腑に落ちないような直しは来ないはずで、やはりわたしはそもそもいい絵本を書けていないのだとわかって項垂れた。わたしにはもう、ヒデ子さんの絵本がどうして直されないのか、たった数時間一緒にいるだけですっかりわかったような気がした。ヒデ子さんは、その人生が絵本のような人なのだ。うれしいことには手を叩いて、ばんざいをして、まったくもうと言うときは口を思いっきりとがらせて、自分の失敗をてへへと笑う。写真を撮るときは「はい、ひらひら〜!」と両手をぱたぱた振って、たいこさんが鰭をなびかせるようなポーズをしてみんなを笑わせる。本当に鰭に靴を履いて陸を自由にはしゃぎまわっているような人だった。ヒデ子さんの周りにはどんどん人が集まってきて、ヒデ子さんがいないところでも、あの人がね、とたのしくヒデ子さんの話をしたくなるのがわかる。アドバイスを貰って絵本がうまくなろうだなんて甘い。いい人生の人が、いいニンの人が、いい絵本を書くのだ、きっと。完敗だった。ぽきっと折れた。しかし、その折れた音はたいへんすがすがしく、きもちよかった。二十三時半、アトリエの前で解散しようとすると「明日、ラジオ体操行くなら六時十分くらいに集合ね」とヒデ子さんは言った。わたしはヒデ子さんの元気さにひっくり返ることにもう慣れて「はい、絶対行きます!」と言った。

翌朝、裏のちいさな山にある源氏山公園でラジオ体操をするためにヒデ子さんと歩いた。足の骨折が治ったばかりのはずなのに、ヒデ子さんはずんずん登った。前を歩くヒデ子さんの肩に何かついていて、それはきこきこと這うしゃくとりむしだった。また絵本みたいだ、この人は。「ヒデ子さん、肩にしゃくとりむしのっかってる」と摘まみ取ると「やだもう、さっき朝ごはん用に庭で蕗をとったから」とヒデ子さんは照れた。鎌倉は東北よりずっと季節が先に進んでいて、わたしは花や木の実を指差してはしゃいだ。ヒデ子さんといると、不思議となんでもうれしくなる。「わあ、もう梅の実が落ちてる」とわたしが小さな青梅を拾うと「なんでも拾うのね、わたしもよ」とヒデ子さんは笑った。「なんでも拾うのね、わたしもよ」。その言葉が妙にうれしくて、わたしのこころを何度でも照らしてくれる。

くどう・れいいん（歌人・作家）「群像」11月号

追悼 加賀乙彦❖

問い続けた人間の根幹

亀山郁夫

生命とは何か？　悪とは何か？　そして神とは？　およそ人間存在の根幹に関わる問いをめぐって愚直ともいえるほど真摯(しんし)な問いを発しつづけた作家、それが加賀乙彦である。彼の訃報に接し、文字通り「巨星落つ」のひと言が脳裏をよぎった。むろんここには何の誇張もなく、加賀文学を愛する読者がいま一様に抱いている感慨だと思う。

数年前、一大決心して、デビュー作「フランドルの冬」から「雲の都」にいたる七大長編に挑戦した（うち何編かは、再読だった）。そこで圧倒的な陶酔の時を味わった。そしてその極みから見えてきたのは、「愛国」という絶対的価値の崩壊に見舞われた少年が、新たな生命観にめざめ、大いなる普遍性の高みへと昇りつめていくドラマである。敗戦時の心境について「僕の人生は真っ二つに断ち切られた思いがする」（菅野昭正との対談）と語り、自死まで覚悟した加賀だが、戦後約80年間、さまざまな思想潮流をかいくぐりつつ、国家や暴力の前で「黙過」される人々の悲惨を描き続けた。

「黙過」の主題は、改悛した死刑囚の悲劇的な最後を描く「宣告」や、無実の罪で死刑を宣告された男を描く「湿原」で取り上げられた。晩年の2部作「永遠の都」「雲の都」では、より高い視野から20世紀日本の経験を壮大な「家庭交響曲」へと結実させた。彼がこうして、長編小説を拠り所としつつ限りなく私的な体験をそこに含ませたのは、「私」の記憶こそが、「断ち切られた」自己を普遍性の高みへ導き、最終的に文学を文学たらしめる唯一無二の力と認識したからだと思う。

加賀はある時、静かな笑みを浮かべ、「作家になるには、現在の自分を全て捨てなくちゃだめなんだ」と諭すように語った。超人的な知力を授かった彼は、さながらその幸運を負い目とするかのように全てを捨て、文学の道に立った。そしてそうした無私の精神を培ったのが、ほかでもない、トルストイ、ドストエフスキーの文学との対話だった。

驚かされるのは、加賀文学の持つリアリズムの力である。「永遠の都」における東京大空襲の描写が特に印象に残る。しかも彼はそこに、「カラマーゾフの兄弟」を思わせる人間臭い愛憎のドラマを織りこみ、見事なミステリー文学に仕立てあげた。とてつもないドラマツルギーの才。

不吉な暗雲に覆われた現代、加賀の文学は、これまで以上に原初的ともいえるリアルさを獲得しつつある。世界がいま切実に求めているものこそ、彼が追究しつづけた「黙過」の主題ではないのか。過去10年間に、「宣告」と「永遠の都」のロシア語訳が出て話題となったが、そこに込められた生命賛歌と反戦の思いが、いつの日か人々の心に届くことを願う。

かめやま・いくお（ロシア文学者）　「産経新聞」二月九日

今一人立ち続けるあなた　忘れない

宮地尚子

その作品の前で、しばらく立ち尽くしてしまった。一本の針が直立しているだけのブロンズ像。タイトルは《忘れなさい》。オノ・ヨーコの作品で、大阪の国立国際美術館で偶然に出会った。

痛みが静かに全身を貫く。泣き叫ぶような痛みではなく、ただこらえるしかない痛み。なのに、タイトルは《忘れなさい》である。自分の痛みなど無視しろ、ということか。痛みをのりこえて次に向かって行け、ということか。英語の原題「フォーゲット・イット」は、「気にするな」とか「どうでもいいでしょ」といったニュアンスを持つこともある。

けれど、針は、どうでもいいものでは全くない。一番気にしなくてはいけないもののはずだ。あとで誰かの手を、足を、喉（のど）を傷つけるかもしれないから、どこかに置き忘れるわけにはいかない。針は、一本でも足りなかったら、ちゃんと見つかるまで探さなければいけない。

《忘れなさい》は１９８８年（最初のバージョンは１９６６年）の作品だが、私には今の社会を象徴的に表しているように思えてならない。

今、私たちは、針のような言葉をあちこちで見聞きし、匿名性にまぎれて、あちこちで発している。お互いの顔が見えていたら絶対言わないような言葉の群れ。そして映像。相手の許可などとらず、面白いと思えばなんでも録画し、投稿する。仲間内でさえシェアされたくない写真や動画が、ＳＮＳで不特定多数に流される。いじめも誹謗(ひぼう)中傷も昔からあったが、確実に遍在化、加速化している。

ネット社会なんてそんなもんだよ。傷ついても忘れよう。傷つけても忘れよう。傷ついても、傷つけても気にするな。傷つこうが、傷つけようがどうでもいい。そう、うそぶくしかないのか。みんなが平気そうに見える。自分だけが平気じゃないのかと思い、自分も平気そうにふるまう。

でも、今を生きる人たちが、痛みに鈍感になっているわけではけっしてない。傷つかないふり、痛くないふりをしているだけだ。

針は、そうやって痛みを必死にこらえている人の象徴のようでもある。触れるとよけいに痛いから、一人で立ち続ける。息を張り詰め、体をこわばらせ、関わりを拒否する。周りが助けの手を差しのべようものなら、その手を逆に傷つけてしまう。

痛みは人を孤独にさせるが、痛くないふりをすることは人をさらに孤独に追いやる。孤独からまた痛みが生まれる。針は孤独の象徴でもある。今、スマートフォンを手に孤独を感じている子どもや大人は少なくない。手元の画面に逃げ、楽しい誘いのメッセージがたくさん届く忙しい人のふりをする。手元の画面こそ地獄かもしれないのに。もしくは孤独の源かもしれないのに。

忘れなさい。でも同時に、忘れてはいけない。忘れてもいい。でも、忘れなくていい。いずれにせよ、痛みはあなたを忘れない。それは救いでもある。

そして、針には希望もある。針穴に糸を通せば、とれたボタンを付け直すことも、破れた服を繕うこともできる。開いた傷口を縫い合わせることだってできる。そこにも痛みは伴うものの。

みやじ・なおこ（精神科医・一橋大学大学院教授）　「朝日新聞」七月五日

落語・江戸・経済

雨宮正佳

落語との縁は、都立青山高校に入学して、特に深い考えもなく落語研究会に入ったときから始まった。最近では、先輩が始めた「青山よかちょろ落語会」という名の落語会で、紀尾井小ホールの末席をけがしている。私が最若手なので、字義通り末席なのである。ここ数年で、「千早振る」、「道灌」、「天狗裁き」を演じた。

高座名は「爛漫亭菊正宗」。お酒の銘柄を二つ重ねて大酒豪のように聞こえるが、実は私は下戸である。では、なぜこの名になったのか？　新入生歓迎会の宴席で盛り上がった勢いで先輩に決められたなんてことは、高校生の分際であってはならないので、由来は不明としておこう。

青山高校の落研は昭和三十年設立。全国初の高校落語サークルである。故・柳家小三治師匠は大先輩で、創設初期のメンバーだ。高座名は「青山亭無学」。

当時、高校で落研を創設するのはたいへんハードルが高かった。大学進学成績を上げなければいけない学校側からしたら、在校生が遊芸にうつつをぬかすなんぞ許容しがたい。結局、落語を通じて江戸文化や歴史を研究するサークルという名目で設立が認められた。

ところが、この設立の経緯が、のちの意外な展開につながることになる。

小三治青年が、大学進学を目指していたはずの浪人中に、五代目柳家小さんに入門してしまったのである。学校としてはこれを放置できない。なんと、彼を落研から除名するよう幹部に要求してきた。まじめな研究サークルのはずだったのに芸人を出すとはけしからん、というわけである。それにしても、卒業生に対して除名というのも、偏狭を通り越して、ほとんど滑稽ではないか。

実際に除名を伝達に行った先輩によれば、小三治さんは実に淡々としたもので、「まあ学校なんてえのは、このくらいのことをやると思ってましたよ」との反応だったという。なんだか、あの飄々、泰然とした芸風を想起させるではないか。もちろんこの一件の後も、小三治さんは落研と良好な関係を維持してくださった。

さて、私と落語の縁も、当然のことながら学術研究などではない。観るのも、演ずるのも、気楽に楽しんでいるだけである。ただ、自分にとって落語の大きな魅力の一つは、江戸の雰囲気を如実に感じられるところである。

江戸時代は、政治、経済、文化、風俗、学問、あらゆる点で実に興味深い。私の前職との関係でいうと、江戸時代にも様々な経済変動が発生し、政策当局者は多くの困難な経済問題に直面した。しかも、現代の目から見ても高度な経済理論や政策の論争が行われていた。

田沼意次は、かつては悪徳政治家の典型のように言われていたが、今や積極的な産業振興策や貿易政策を進めた業績が評価されている。元禄時代の勘定奉行・荻原重秀は、管理通貨制度的な発想に基づく金融緩和策を実施した。そのライバルだった緊縮派が、新井白石である。

豊後の思想家・三浦梅園は、「価原」という著作で、物価や賃金の決定メカニズムを分析した。アダム・スミスの「国富論」に先立つこと三年前である。

天保の改革で、老中・水野忠邦はインフレ対策として株仲間を解散させようとした。ところが、この政策に反対し、政策の実行を渋った町奉行がいた。「インフレの原因は需要の超過と過大な通貨発行なのだから、そうした対策は無効である」というのである。

さて、この町奉行は誰でしょうか？

実は、あの遠山の金さんこと、遠山金四郎景元なのである。金さんといえば、桜吹雪の刺青を見せながら威勢よく啖呵を切るのが表看板。そのイメージと、経済理論や政策を論ずる姿との意外なミスマッチがおもしろい。私は、かねてより「エコノミスト・遠山の金さん」とか、「金さんの経済捕物帖」などというドラマか小説、あるいは新作落語ができないかと願っているのだが、なかなか実現しない。誰もやってくれないのであれば、いずれ自分で書いてしまおうかなあ。

あまみや・まさよし（東京大学金融教育研究センター招聘教授・前日本銀行副総裁）　「文藝春秋」10月号

二十年後の定番料理

宮下奈都

　この夏、娘が二十歳になる。あんなに幼くてあどけなかった子が、二十歳だ。親元を離れ、いつのまにかひとりで歩き出している。

　生まれたばかりの娘と写した家族写真がある。当時住んでいた家の食卓を囲んでの一枚。0歳、二歳、四歳だった子供たちがかわいくて、懐かしくて、なんだか胸がいっぱいになってしまった。しかし、一緒に写真を覗き込んだ娘は、にこにこ笑っていった。

「うわー、ママ若いね！」

　たしかに、若かった。二十年前の私はつやつやふっくらしていて、新しい家族を迎えたよろこびにあふれている。夫も若い。このあと引っ越しをして、テーブルも大きなものに変わった。二十年経っても変わらないのは、テーブルの上のごはんくらいだ。そう考えてから、あれっ、と思った。違う。ごはんも変わっている。

写真の食卓には、たくさんのお皿が並んでいた。ぜんぶ知っている料理ばかりだ。それはそうだろう。私がつくったのだから、知っている料理ばかりに決まっている。でも、今とは違う。もうつくらない、わが家の定番料理が写っているのだった。

オムライスも、ミートローフも、野菜たっぷりのスープも、煮物も、子供たちが食べやすいように、そしてバランスよく栄養が摂れるように、ずいぶん工夫をしていた。当時は、家族のために料理をつくることが私のアイデンティティだった。仕事が忙しくてなかなか家で過ごすことのできない夫の健康を支え、これから育っていく子供たちの身体の源をつくる、それが私の大きな役目だと思っていた。

もちろん、それが大事なのは間違いないと今でも思う。でも、純粋に家族のためだけを思って料理に情熱を注いだわけではなかったのかもしれない。栄養があって、おいしくて、見栄えもいい料理をつくることで、私は自分の存在意義を確かめたかったんだと思う。

懐かしいのは、写真に写っている家族や料理だけではなく、その料理をつくっていた若い私だ。母であり、妻である、家族の中の私。一所懸命だった。たくさんの料理本を読み込み、料理番組を網羅し、いくつも試しては、家族の反応を見て改良していく。毎日、ごはんをつくることが一大イベントだった。定番と呼べる料理を持てたことで、私は家族を支えたし、自分のことも支えていたのだと思う。しあわせといえば、しあわせだった。

いや、たしかにひとつのしあわせのかたちだったに違いない。

初めて書いた小説が文學界新人賞の佳作に選ばれたとき、娘はまだ0歳だった。夫の仕事の都合で誰も知りあいのいない街に引っ越して、三人を育てながら初めて依頼を受けて短編を書いた。その短編がまた次の依頼を生み、私は睡眠時間を削って夢中で小説を書いた。身体を壊しそうになって、生活の配分は変えざるを得なかった。ほとんどすべての熱量を注いでいた料理も、試行錯誤の末、少しずつかたちを変えていくことになった。幸い、それで家族から物言いがついたことはない。拍子抜けするほどだった。みんな、それまでと変わらず、おいしいおいしいと機嫌よく私のごはんを食べてくれた。

それでも、定番料理、といわれるとドキッとしてしまう。私の定番料理は、時間がなくても、特別な食材を買いに行けなくても、つくれるようなものばかりになった。今、子供たちが帰省したときに聞くと、笑ってしまうくらい簡単な料理を懐かしがってリクエストしてくれる。子供たちがそれぞれの得意料理をふるまってくれることも増えた。

家族のかたちが変わるように、しあわせのかたちも変わる。定番だと思い込んでいたものが変わるにつれて、料理も変化することはあたりまえなのかもしれない。思いがけず目にした二十年前の定番料理は、しみじみいとおしかった。

みやした・なつ（小説家）「天然生活」9月号

落ちつかない部屋

浅田次郎

若い時分、東北の温泉を訪れて落ちつかない部屋に泊まった記憶がある。

座敷わらしを見た、などという気の利いた話ではない。案外のことに私は、怪力乱神の類（たぐい）はてんで信じぬつまらん小説家なのである。

「落ちつかない部屋でよかったら」と言ったのは宿の亭主。夜も更けてから素泊まりの一人客というのは、やはり迷惑だったのであろう。好景気の時代でもあり、週末であったのかもしれぬ。

通されたのは実に落ちつかない部屋であった。六畳か八畳の座敷なのだが、そうした規格は中（あた）らない。なぜかというと、部屋全体が三角形だったのである。つまり六畳分か八畳分の畳をパズルのピースにした、先端のやや尖った二等辺三角形のお座敷であった。

数奇者の亭主が設（しつら）えたわけではない。その宿は狭苦しく込み合った温泉街の角地にあって、鋭角に交叉する路地に沿って建てたら、あろうことか三角座敷が出現したということであるらしい。

たしかに落ちつかなかった。まず、蒲団の敷きように困る。何がどうだではなく、ふつうは部屋も蒲団も四角なので方向だけ定めればよいのであるが、部屋が三角では困る。まさか「三角の蒲団はありますか」とも訊けぬ。しかも仲居は、私の困惑を察知したのであろうか、それともみずから困惑したのであろうか、運んできた蒲団を重ね置いたまま下がってしまった。ちなみに、当然の話ではあるがその部屋に押し入れなるものはなかった。

三角の部屋に四角の蒲団。さてどうする。これだからジグソーパズルは嫌いだ。どのように敷こうが仰向けば三角天井。あまりにも見慣れぬ図を見るうち、奇妙な浮揚感に囚われた。

とりあえず湯に浸かって考えた。一泊二日で最低七セットの入浴は若いころからのノルマである。このごろでは命がけであるが。

温泉の最大の効能は、想像力の涵養であろう。そしてむろん、思索の時間でもある。よってそのときの私は、小説の筋立てとかテーマの思索ではなく、「三角の座敷に四角の蒲団を敷いて落ちつく方法」について考え続けたのであった。

四角の座敷に三角の蒲団を敷くほうが、ずっとマシなのである。なぜなら、そもそも三角形は人間の居住空間に存在しないから。

それでもあれこれ想像し思索して部屋に戻れば、引き戸を開けてギョッとするのである。この世にありうべからざる二等辺三角形のお座敷。まさか客間ではあるまい。蒲団部屋か、従業員の宿直室であろう。そのとたんに湯舟で得たはずの結論は一瞬で忘れ去られ、あちこち蒲団を引き回しては寝転がるという作業が続いた。入浴。想像。思索。驚愕。試行。つごう七セット。くり返すうちに夜が明けた。

さて、落ちつかない部屋といえば、さらに忘れがたい体験がある。

東北の三角座敷で苦闘した青年は、才能が開花したというより執念深さが物を言って、のちに小説家になった。

私のような横着者には天職だと思っていたのであるが、意外にも原稿用紙に向き合っているだけではなく、取材旅行だのサイン会だの講演会だのと、あちこち走り回らねばならなくなった。もともと旅好きであるから苦には感じぬ。しかし仕事であるからには選(え)り好みもできぬ。そうした状況下で、ふたたび私は落ちつかない部屋に泊まるはめとなった。

関西の老舗旅館、とだけ言っておく。同地でのサイン会ののち投宿した、広壮かつ格式高い旅館であった。通された部屋もむろん三角形ではなく、床も次の間もついた立派な設えであった。

私見ではあるが、総じて関西の旅宿は女将のもてなしが篤い。どうかすると夕食にずっと陪席することさえある。つまり、それくらい料亭や老舗旅館の女将は客あしらいに長けており、客にもまたそうした社交を娯しむ文化があるのだと思われる。

しかるに、淡白な接待に慣れている関東人には、そうしたもてなしをうっとうしく感ずる向きも多い。まして同行する編集者のみなさんにしてみれば、作家と語り合う数少ない機会なのであって、女将に長居されても困る。

私は下戸であるうえ、営業が長かったので酒席の気配には敏い。そこで、きっぱりと言った。「仕事の打ち合わせがあるので、そろそろご遠慮願いたい」と。

その一瞬、女将の顔色が変わった。東京から来た野暮にもてなしを拒否された屈辱とでも言おうか。

やがて宴も果て、仲居が言うには、広いお座敷でゆっくりお休み下さい、と。ハテ、部屋は狭くもなし、文句をつけた覚えもないが、おしゃべりが過ぎた女将のお詫びかな、などと思った。

編集者のみなさんは上機嫌でそれぞれの部屋に下がり、私は臈長けた仲居に導かれるまま、一間幅の廊下をたどって旅宿の奥へと。そうして案内された「広いお座敷」が、まこと落ちつかぬ部屋であった。

広さも広し、算えたわけではないがおそらく百畳の上。その中央にデンと蒲団が敷かれており、百人一首の持統天皇の絵姿に描かれているような絹の几帳が、ヒラヒラと繞っているのであった。

しかも見上げれば折上格天井、足元には能でも舞えそうな檜舞台。その袖には太鼓が据えられていて、夜明けには女将が片肌脱いでドドンと叩きそうな気がした。

まさか大広間に客を寝かせるのが当地の流儀ではあるまい。まちがいなく、もてなしを拒否された女将の意趣返しである。ほかに考えようがあろうか。

かと言って、酩酊した編集者を叩き起こして「このザマを見ろ」でもあるまいし、帳場に怒鳴り込もうものなら、それこそ洒落のわからぬ野暮天である。この際、知らんぷりで床につき、何事もなかったかのように朝を迎えるほかはあるまい。

かくして、百代の過客ならぬ百畳の過客になったのであるが、落ちつかぬまますさえざえと思い出されたのは、若き日の三角座敷。あれには往生した。しかし落ちつかぬ部屋というのなら、百畳の座敷に一畳の蒲団を敷くよりも、まだしもマシに思えたものであった。要するに、幾何学的異型よりも代数的異型のほうが、人生においては始末におえぬ、という結論であった。

その夜、いったい眠れたのか眠れなかったのか、あるいは翌朝、女将とどんなやりとりがあったのか、まるで記憶がない。

ああ、いかん。「落ちつかない部屋」が次々と思い出されてきた。続きはまたいずれ。

あさだ・じろう（作家）「SKYWARD」6月号

明日と明後日

斎藤真理子

3月になると思い出すことがある。15年近く前、会社員だったときのできごとだ。仕事で、ぎりぎりまで追い詰められていた。今思えば追い詰められるような案件ではなかったのだが、そのときは周囲が見えなくなって、自分で自分を追い込んでいた。

会社のそばのホテルに泊まって、とっくに破綻したスケジュールに間に合わせようと必死になっていたのだから呆(あき)れてしまう。完全に判断力を失っていた。だが、さすがにだめだと悟るしかない日がやってきて、ぼろぼろになってタクシーに乗った。明け方の4時ごろだったと思う。

50代か60代の運転手さんと、どういうきっかけで話しはじめたのか覚えていないが、気がつくとぽつぽつ話していた。仕事と、子供のことと、どっちも必死にやってきたと思うんですけど、どうにもならなくなっちゃって……というようなことを。

「明日はありますよ」と運転手さんはおっしゃった。それだけなら、ただの慰めと思ったかもしれない。だが一呼吸おいて、「明後日も、ありますよ」とおっしゃるのだった。そのとき、何だかわからないが、空気が変わった。「脳に酸素が戻ってきた」そんな気がした。

タクシーを降り、「ありがたかったな」と思いながら、走り去る車のナンバーを見ると、「３９３９（サンキューサンキュー）」だった。できすぎのようだけど、本当の話だ。

あのとき私は明日が怖く、自分を客観視することが怖かった。明日があるだけでは救われなかったが、あの日は、明日と明後日の間に、やっと空が見えた。今もありがたいと思っている。

さいとう・まりこ（翻訳家）「日本経済新聞」三月十四日・夕刊

「一度お会いしてるんです」

岩松　了

知り合いそしてそのまた知り合いも、という集まりで食事会を催した。総勢8人。こうして少しずつ自粛生活に終わりが来ているのかなと思いながら、初対面の人同士は自己紹介しあった。食事の直前までマスクをはずさない人もいた。その人は若い女性プロデューサーだった。仕事がら通常マスクをはずさないことで現場の規範を司（つかさど）っているからその習慣が抜けないのだろうなと思った。

われわれだけで店内はいっぱいの小さなレストランだった。青年店主は一人で料理から給仕までこなしている。

皆のグラスにシャンパンが注がれ、最後に女性プロデューサーがマスクをはずすと「ああ、こんな顔の人だったのか」という若干の驚きがグラスの中の泡のように私の中に広がったが、その笑顔が知り合いの誰かに似てるような気がして、ひどく開放的な気分になった。

「おめでとうございます！」

まだ1月だったからわれわれはそう言ってグラスを合わせた。

8人もいると話題は飛ぶ、跳ねる。わかるのは、誰かが誰かに何か質問をすれば、その質問を無下（むげ）にはしないぞという気概が場に満ちることだ。皆がこの集まりをどういう方向に運ぼうとしているかがハッキリしている。「楽しい時間だ」と思いたい、ひたすらその思い。こうした《何でもない時間》が欲しかった！

「岩松さんはね、酔っ払いが嫌いらしいですよ」

知り合いのAさんが、楽しい話題だぞとでも言いたげに、その言葉をテーブルの真ん中にポンと置く。え、なんでなんで？という全方向からの視線を感じながら、私は過去にAさんにその理由をどう説明したのかを思い出そうとするが、とりあえず「こっちは一生懸命話してるのに、次の日まったく覚えてないって言われちゃたまんないでしょ」と言う。聞いた人たちは「ああ…うん、うん」とばかりにうなずいているが、その目は「期待したほど面白くはなかったね」と言っている…。

私の中では振られた話の歯車をうまく回せなかったことへの反省が渦巻く。

なぜかふと戦時下の国を思う。

今ウクライナの人たちが願う《何でもない時間》。この日のわれわれの宴は、まさにそれではないのか。われわれはその時間を喜び味わおうとしている。いや、そうであるはずだと思うから、そうであるはずの時間を作り出そうとさえしている。それなのに話の歯車がうまく回らなかった…なんて、まるで《何でもない時間》を怖がっているみたいじゃないか！《何でもない時間》を作り出すことは、それほど難しいことなのか！

「美味（おい）しい！」と皆が口々に言う。

出てきた料理のことだ。

私も言う。「ホント、美味しいですね！」

誰かが店主に作り方を聞いている。青年店主は「ありがとうございます」と言い、その作り方を説明している。皆が「へえ…！」と心底うなずく。《何でもない時間》のレールが少しばかり見えたような気がしてくる。が、しばらく「美味しい」と「その料理の作り方」が粘着力の弱くなった貼り紙のようにレールの上にポトリポトリと落ちてくる。誰ともなく、早く次の話題を提出せねば、と思い始めている。それは鼻息の荒くなった森の動物たちのようだ。

「岩松さん」とマスクを最後にはずした若い女性プロデューサー。私はあらためてその人のマスクなしの顔を見た。誰かに似ている。が、思い出せない。「実は一度お会いしてるんです」「え?・ボクと?・」「はい」「どこで?・」

誰かに似てるのではなく一度会ってるから…要は既視感?つまり〈誰かに似てる〉と思えたのは既に〈どこかで会ってる〉から?ならば1度目に会った時の彼女の顔は知り合いというファイルに収まってるってこと?

私たちは4、5年ほど前にある飲み会で同席しているという。

「その時私、すごく酔っ払ってたんです。でも私覚えてました。忘れてたのは酔っ払ってなかった岩松さんの方だってことになりますね」

誰かが何かを反転させようとしている…酔っ払いが嫌いだなんて無意味のままにしておけばよかったのに!《何でもない時間》を作り出そうとしたことが、意味もなかったものに意味を与えてしまった!長い自粛生活が集うことのぎごちなさを演出してしまったのだ。《何でもない時間》を作り出すのは断じてわれわれ自身ではない。負けを承知で私はつぶやいている…。

「何でもない時間はつまり何でもない時間じゃないってことさ」


いわまつ・りょう(劇作家・演出家)　「西日本新聞」二月十四日

ごん ごん ごん

伊藤理佐

わたしの中にずっと
「ごん、おまいだったのか」
が、ある。
「ごん、おまえだったのか」
で、なく、
「ごん、おまいだったのか」
なのだが、この
「ごん、おまいだったのか」
は、ヨシダサンの中にもあって、わたしが
「ごん、おまいだったのか」

を使うと、一気にさみしい目になっていく。このさみしさは、中2のムスメの中にはない。ムスメも絵本「ごんぎつね」を読んでいるはずなのだが、ない。「まだない」が正しいかもしれない。「ごん」という名のキツネを猟師が撃ってしまった時の言葉が

「ごん、おまいだったのか」

なのだが、ああっ、これから読む人のために詳しくは言えない。

さて、浴室の湯船の中に猫のウンコがあるという事件が続いた。ウンコはだいたい「マツ」（8歳）のしわざなのだが、現行犯じゃないので怒れない。「トラ」（7歳）かもしれないし、新顔の「ソバ」（推定6歳）だって、2階から下りてこない生活だが可能性0％ではない。ある日、湯船の中で力んでいるトラに遭遇する。こういう時にわたしの中の

「ごん、おまいだったのか」

が、出動する。

「トラ、おまいだったのか」

マツをうたぐった後悔、トラだったというさみしさ、ソバはまだ1階に下りてこない悲しみ、なのだ。

洗濯機がガタガタいう。壊れやがった、と洗濯機をなじる。ポケットになにかまた入れたまま出しやがったな、と家族をうたがう。しかし、ガタガタを追究すると、買った

ばかりの「洗濯槽ゴミくずキャッチャー」の予備を、マグネットで洗濯機のヨコにつり下げたのが振動でゆらゆら揺れて本体に当たっていたのだった。

「洗濯槽ゴミくずキャッチャー、おまいだったのか」

家族をうたがった情けなさ、洗濯機のせいにした悲しみ、「洗濯槽ゴミくずキャッチャー」のせいにしているリサに、朝から「ごん」がいっぱいだ。


いとう・りさ（漫画家）　「朝日新聞」五月十三日

追悼 加賀乙彦❖

小説家の遺産を数えて

菅野昭正

『フランドルの冬』をその昔はじめて読んだときの驚異は、いまもありありと蘇ってくる。植民地アルジェリアの解放戦争に動員され、闘いの苛酷に精神を傷つけられたフランス人の青年。極度の身心の荒廃に追いこまれている青年は、療養所で然るべき看護を受け、小説にはもちろんその入院生活がきっちり語られていた。

そこまでならば、他の作家の筆をもってしても、なんとか辿れるかもしれないが、その先まで進出することはほとんど期待できない。加賀さんの処女小説に眼を奪われる思いがしたのは、小説の中核を形づくっている問題の、はるか前方まで着実に踏みこんでいたからである。

フランスの北東の尖端を占め、ベルギーにも跨がるフランドル地方の冬季は、南フランスの地中海沿岸の地域などとは、まったく異質の厳しさに覆われるにちがいない。在来の小説の型に慣れて習熟した作家が、そんな厳寒の季節を相手どったとしたら、一種の先入観の虜になって、巧みではあるものの、ありきたりの風景を措くに終ってしまうのではないか。

『フランドルの冬』は、そこのところで、常套の轍とは確実に距離を置いていた。極寒の悪気流のなかに寒々とひろがる寒村の光景は、薄弱な客観性など寄せつけず、中心人物の青年の内面の荒廃を濃密に投影した重厚さに装われている。それは要するに、既成の書きかた語りかたに惑わされないアマチュア作家の勝利である。誤解はまさかあるまいが、アマチュアといっても貶下的な意味あいではない。そうではなく、対象に即して自由に筆を進める書きかた、語りかたの特質を、そんなふうに私が理解したということである。

それにつづいて、加賀さんは精神科の医師として死刑囚に寄りそい、歪んだ苦悩の呻きと悔悟の心情と救済を願う魂を、平安に導く仕事をつづけたようであった。そしてその貴重な経験は、やがて小説に仕組まれることになるのだが、ここで独特なのは精神科医の視線が活用されていることである。相応の力量を備えた既成の作家にしたところで、専門的な知見に高度に通じていない限り（そんな場合は極めて稀れだが）、そういう効果は生まれるべくもないだろう。ここでも大概の作家が示すであろう文学的な姿勢とは別個の、精神科の医師としてのアマチュアリズムが、存分に駆使されていた。

五十八歳のときだったとか、加賀さんはカトリックの洗礼を受けた。精神・魂の深いところで決断される行為に関しては、余人が濫りに口を差しはさむべきではないから、これ以上は触れないが、それ以降、加賀さんは史上に名を遺した聖者や高名な信徒を主人公とする、歴史小説を書くようになる。

キリシタン禁令の弾圧のもと、ルソン島に渡った高山右近、極東への伝道の航路に乗りだしたフランシスコ・ザビエル、イエスの教えに則って聖職に献身した高位の信徒の事績をきちんと辿った小説だが、さりとて独創的であるともいえそうにない。ただ、こうした聖職者の揺るぎのない敬虔そのものの信徒が、精神・魂の奥底で脈打つ生命の意識と結びつかずにいない連関を追う筆致が、他に類のないものであることは読みとることができる。遠藤周作さんの小説の性格とはずいぶん差異があるが、加賀さんのカトリック小説も、現在の日本文学のなかでひとつの確かな場所を占めて然るべきものではあるだろう。

三題噺めくが、荒廃した精神・魂の惨苦、信仰に立脚した小説のあと、ある医師の家系を中心に据えて、近代・現代の東京の激しい変転を観望する小説『永遠の都』、『雲の都』に、加賀さんは取りくむことになった。医師の職務に励む人物、苦労して人生の未来を切りひらこうとする青年、悲喜こもごもの恋に打ちこむ女性などなど、そこには多彩な人物が登場する堂々とした大河小説である。現在の日本文学から忘れられ、失われた小説の大道を邁進する本格的な試みであることを、あらためて強調しておきたい。

作品のうえでは浅薄な諷刺や皮肉に近づくまいとしていた加賀さんのことだから、『永遠の都』という題名に、ともすれば恒久の安定を欠くといった反意的な意味などこめられていないだろう。巨大都市としての基盤を整備して、居住する市民の充実した生活を幾久しく支援する都であってほしいという希望がそこに託されているように、私には聞えるのだが、それは間違いではないだろう。加賀さんはそういう広角の社会的な視野を所有する小説家であった。原発反対、死刑反対の運動にも熱心に参加していたと聞くが、それも知識人としての社会的な責務の意識に根ざす行動であったろう。ただ、原発反対、死刑反対は誰でもできるが、あの数多い小説を書くことは加賀さんでなければできなかった。主要な小説をあれこれ回想してみたのは、それが追悼の微意を尽すにふさわしいと考えたからである。そんなふうに哀惜の筆を運ぶうちに、冗談を好みユーモアを絶やさない加賀さんとの対話の場面がよみがえってきた。懐かしかった。しかしいまや惜別しなければならない。さよなら加賀さん。長い交友をありがとう。

かんの・あきまさ（フランス文学者・文芸評論家）「すばる」4月号

父の死で昭和が終わった

豊崎由美

「令和」という元号にもだいぶ耳が慣れてきたけれど、一九六一年生まれの自分はとことん「昭和の子」だと思う。なんたって、昭和二年生まれの父親が太平洋戦争の従軍経験者なのだ。両親が戦中派という世代の最後に、わたしは属している。

この父親、大三（だいぞう）というのが実におっかない存在だった。大三がいるだけで、ピリピリする空気。ホテルマンだからか、シーツにまでアイロンをかけさせたり、食事にうるさかったりと、何かと母に命令口調だったこの男に、わたしは叩（たた）かれて育ったようなものなのである。異様に落ち着きのない子供だったから、しかたのない局面もあったとはいえ、忘れられないほどの恐怖体験もある。

五歳だったと思う。休日で家にいた大三が、わたしのことを剣呑（けんのん）な眼差（まなざ）しで追っているのに気づいたのは。やがて大三は、戦時中から所持しているナイフを火であぶり始めたのである。危険。これまでの経験上、何かしらの恐ろしいことがわが身に降りかかることを予感したのだが、恐怖で動けない幼児。「貞江（母）！ちょっと由美を押さえてろ」と父。

で、何が起こったのか。大三はわたしの左ふくらはぎにあった疣（いぼ）のようなものを、スパッと切り取り、そこに熱したナイフをジューッと押しつけたのである。泣き叫ぶわたし。「病院に連れていけばいいじゃないの」とうろたえる母。しかし、大三は言い放ったのである。

「このくらいのできもの、軍隊じゃ自分で治すんだよ」

後年、映画『ランボー』で、シルベスター・スタローン演ずる主人公が撃たれたかなんかした傷を、かなり過激なやり方で治療しているシーンを見て「たしかに」と思ってしまったわたしも頭がおかしいのだけれど、戦争経験者がハンパねえことを家庭内で学んだ自分は、やはり昭和の子なのだと思う。

森正蔵『解禁昭和裏面史―旋風二十年』（ちくま学芸文庫）という本がある。戦時中は報道できなかった事実を詳らかにした戦後のベストセラーだ。一級品の戦争証言なので今こそ読まれてほしいのだけれど、とりわけ末期における軍部の狂気に呆然（ぼうぜん）必至。その愚策のひとつ、乗れる飛行機がなくなった特攻隊員を人間魚雷「回天」といった自爆作戦に投入するくだりに出てくる、特攻ボート「震洋」。大三はそれに乗ることになっていたそうなのだ。終戦があと数カ月遅かったら、わたしは生まれてこなかった。ふくらはぎに今もうっすら残る疣の痕は、昭和の刻印のようなものだと思う。

見ているテレビ番組に対して、いちいち意見する小学生のわたしに、「うるさい!」とキレた大三に、「おまえのようなやつは、他人のやることなすことにケチをつけてあれこれ意見するだけの、細川隆元みたいな人間になるっ」と、当時『時事放談』という番組に出ていた政治評論家の名前まで持ちだして罵倒されたこともある。評論家にこそならなかったが、六十一歳のわたしはといえば、自分では何も生み出さず、他人様が苦労して書いた小説についてあれこれ感想を述べるだけの書評を生業にしているわけで、この予言をはじめ、大三がわたしに放ったネガティブな未来予想の数々が、ほぼすべて的中したのが口惜(くちお)しい限りだ。その大三も令和二年に逝き、わたしの昭和はその時本当に終わったのである。

とよざき・ゆみ(ライター・書評家) 「西日本新聞」三月五日

亀の世界

北野勇作

物干しに亀がいる。冬はタライの水の底で冬眠している。春になると起きてきて、甲羅を干したり煮干しを食ったりしている。夏になってもやっぱり甲羅を干したり煮干しを食ったりしている。秋になるとあまり食べなくなり、そして冬になるとまた水の底で冬眠する。亀にとって、この物干しが世界なのだろうと思う。

この亀と暮らしてもう三十年ほどで、だから妻よりも長い。ごく普通のクサガメである。飼い始めた頃は掌に載るほどの大きさだったのが、今は両手で持たなければ無理だ。アパートでひとり暮らしだったときは、普段は洗面器の中で、たまに畳の上を歩かせていたが、今は二階の物干しが亀のスペースになっている。水を張ったタライに板でスロープをつけている。甲羅の幅くらいの細長い板だ。そんなものを亀が使用できるのか、と思われるだろうが、これができるのである。ちゃんとスロープを登ってタライの水に入り、出たいときはタライの縁に手をかけて水から出て、この細いスロープを下りてくる。何冊か読んだ亀の飼い方の本の中の一冊に、そんなスロープの写真があったのだ。亀にそんなことできるのかな、と半信半疑でやってみたら、すぐ自由に出入りするようになった。そんなタライとは別に、拾ってきた丸い寿司桶に水を入れて置いてあって、それは餌を食うための場所である。

煮干しを見せると、のたのたと近づいてくる。煮干しをくわえて寿司桶に入り、水の中で柔らかくしながら、しゃぐしゃぐと音を立てて煮干しを食う。一匹食い終わると、寿司桶から出てまた近づいてきて、煮干しをくわえてまた寿司桶に行って、そこで煮干しを食う。物干しのどこで煮干しをやってもそうする。スロープも使うし寿司桶のこともわかっている。こんな小さな頭だから脳はピーナツくらいの大きさだろうに、その中に物干しの地図みたいなものが入っているのだろうか。思った以上に亀は賢い、と感心する。

一匹食うたびにいちいち寿司桶まで行ったり来たりするのも大変だろうから、とこちらから気を利かせて、まだ亀が寿司桶の中にいるとき、次の煮干しをやった。すると目の前に出された煮干しをさっそくくわえ、しかし亀は明らかにとまどっている。亀がとまどっているのがわかるのか、と思われるだろうが、わかる。動きが変だ。どうしていいのかわからないみたいで、前後左右にあたふた動きながらも方向は定まらず、そして目が泳いでいる。大パニックである。亀の目が泳ぐのか、と思われるだろうが、本当にそう見える。とまどったあげく、煮干しをくわえたまま寿司桶から出て、煮干しをくわえたまま物干しをさまよい、ついには煮干しを落としてしまい、次の煮干しを求めてこちらに近づいてくる。あれほどてきぱき無駄なくこなしていたルーティンなのに、ちょっとした想定外の事態でこんなことになってしまうとは。

世界の構造や仕組みを理解しているように見えてもやっぱり亀だからな、などと思うと同時に、でもまあ人間もそれほど違わないか、とも思う。そんな亀は今日も甲羅を干して煮干しを食っている。

きたの・ゆうさく（作家）　「西日本新聞」六月十八日

土鍋の蓋が割れて

合田　文

年の瀬のキッチンは賑わっていた。なんとか仕事を納めた我が家では、実家に帰らない友人たちがじゅうぶん満足できる量の料理を振る舞うために、3つあるコンロをフルに稼働させていた。くつくつと煮える音、しゅうしゅうと蒸されるけむり、やさしい出汁のかおり。「一年ありがとう」と客人をもてなすことで、かえって自分のほうが豊かな気持ちになる（もちろん、たまにだからそう思えているのだろうけど）。

築25年になるマンションのキッチンはあまり広くはなく、年末は特にスペース不足だった。横着者の私は冷蔵庫をあけようと思い、手に持っていた土鍋の蓋を、とてもまっすぐとは言えないゴミ箱の上に一時的に置いた。安定した場所に置きに行くのが面倒くさかったのだ。しかし、すぐだから大丈夫だろうと高をくくった一瞬のすきに、土鍋の蓋はゴミ箱からするりとすべり落ち、がちゃんと鈍い音を立てて割れてしまった。

人って結構面倒くさがりだよな、ということをよく思う。あとから考えたら、そのひと手間を、そのひと言をサボらなければよかったのに。サボらなければもう少しどうにかなってたのに。もっと言うと、失わずに済んだのに。と思うことがある。これは単なるタラレバではなく、目の前にある噛み合わない歯車の存在を知っていながらも放置してしまう仕方なさ、みたいな話につながる。土鍋の蓋の件は完全に私の怠慢だったけれど、場合によってはこの歯車の噛み合わなさをどうしたらいいのかわからないままぼんやり眺めていたら、数十年がまたたく間に過ぎてしまった、ということだってあるだろう。

私の親友は「何食べたい？」と聞くと必ず「カレー」と答える女だ。そんな彼女に「好みじゃないカレーってあるの？」と尋ねると、「お母さんが作ったカレー」と返ってきたことがあった。「別に、分量を間違えてるとか、料理が下手ってわけじゃないんだけどね。なんだか好みじゃなくて。でも、好きじゃないって言ったことはないから、いまだに実家に帰るとよく作ってくれるよ」と、ケラケラ笑っていた。このことを彼女が笑い話にできるくらい消化できていてよかったけれど、原因が何かと言えばひとつじゃないんだろうし、どちらが悪かったということでもない。ただ、じわりじわりと積み上げてきたふたりの歴史がそうさせたとしか言いようがない。

親友はよく人のことを見ている人で、恐ろしく空気が読めてしまう人だった。読めすぎてしまうからこそ、自分の意思とかワガママとかを脇において、本来大人にならなくてもいいときにだって、大人をやってきた人だと思う。たとえ実家であったとしてもそのスタンスを崩すことはないし、娘のためにとお母さんが心をこめて用意したカレーは、いつもどおりに平らげるのだ。ふたりの歯車がまったく別々に動いていることに、お母さんは気づいていないのかもしれない。

正直もう、この人とはいいかな。と諦めるほどに本音が言えなくなった関係性というのは、どこにでもある。もちろん、そこから改めて腹を割っていこうという意思と、根性と、タイミングを孕んだそれもあるとは思うが、いつの間にか違う場所に立っていた人と道を交えようとするのは、相当面倒くさい。まあいいか、こちらが我慢すれば。とちょっぴり心をすり減らして、噛み合わない歯車を放置してしまうことは誰にだってあるし、今さら是正する必要のないものも多いだろう。でも、今となってはどこでボタンをかけちがったのか不明な案件においても、気づいていたのに立ち止まる手間を省いた小さな瞬間というものはあったんじゃないかな、と思う。「あれ、なんか思った反応返ってこなかったな」とか「今の嬉しくなかったな」とか「うわ、その価値観まったく共感できない」とか。ちなみに私はそういうときに、「今の、ちょっと大丈夫じゃなかったよ」と素直に話せる土壌をつくっておくということ以上に大切なコミュニケーションなんてないよな、と思っている。土鍋の蓋が割れてしまってからでは遅いのである。

関係性には立場というものがあって、親と子、上司と部下、先輩と後輩、「主人」と「家内」（あえてこうした言い方をさせてもらう）というように、この社会で生きていくにあたって、立場の強くなりやすい側とそうでない側というものが存在している。もちろん人それぞれの性格や、積み上げてきた関係性もあるから一概には言えないけれど、思ったことを言ってもここに安心して居続けられる、と思わせられるのは、圧倒的に立場が強い側だ。

もちろん何でもふたつに分けられるものではないが、場所が日本であれば日本人と外国人、シスジェンダーとトランスジェンダー、健常者と障碍者なども立場が違う。立っている位置が違えば見えやすいものも違うし、受けやすい圧力も違う。弱者にしわ寄せが行きやすくなるのはこの世の常なのに、こうした明らかな立場の違いを少しでも公平にするための取り組みを「特別扱いをする必要はない」などと一蹴してしまう人は、自分がどんな立場でどんな特権を持たされているのかということに、いささか無自覚すぎるのかもしれない。

紹介がかなり遅くなってしまったが、私はウェブコンテンツを制作する会社の代表をさせてもらっている。事業のひとつに、ジェンダーやセクシュアリティ、ダイバーシティなどについて実話をもとにしたマンガを用いて発信するメディアがあり、月間で200万人ほどの人が見てくれる媒体に育ててきた。読者から寄せられる実話をマンガにすることで共感を生むこともあれば、自分の世界に生きているだけでは想像もつかなかった人生の一コマを追体験することもある。私がこのメディアを通じて伝えたかったのは、自分が立ったことがない立場についての理解だった。

ちょっとここで、祖父の話をしたい。私の祖父は、今年卒寿を迎えたのにシャキッと背筋が伸びた健脚で、いまだに祖母と一緒に北海道から私たちの住む東京までスーツケースを持って遊びに来てくれる。記憶する限り一度も変わっていない四角い眼鏡の奥にある瞳はいつも優しくて、とにかく物知りで、紡ぎ出す言葉はとってもマイルド。そんな祖父は先日、自分の息子と娘（つまり私の父と叔母）のことを「ふたりは私たちの宝物だよ。そしてその子どもである君たちもかけがえのない宝物だ」と、私たち孫を集めて話した。ちょっとお酒が入ってはいたけれど、こんなに眩しい言葉をかけてもらえるとは思っていなかったし、たぶんこの話は祖父が亡くなったあとも、私のお守りとして心の中で明りを灯し続けると思う。

そんな祖父は私の母（つまり彼の息子の妻）のことを、よくみんなの前で人一倍褒める。母は父の仕事を手伝いつつ家事育児をこなしていた偉人なのだが、結婚して苗字を変えたので、夫の親戚があつまる場所などでは特に「お嫁さん」としてキチンと気を回しておかなければならなかった場面もあったと思う。祖父はそれを見逃さず、「いつもありがとう。あなたがいるから、息子も孫も健やかにやっていけるんだよ。うちのことは大丈夫だから、実家にも帰ってあげなさいね」と、みんなの前で声をかけていたのを覚えている。祖母もうなずいて「みんなそれぞれ、お互いにいつも感謝するんですよ」と付け加えた。隣で母が労われているのを誇らしげに見上げながら、私は元気よく「はあい！」と返事をしたものだった。こういうとき、いつも母は謙遜していたけれど、結構救われていたんじゃないかと思う。祖父は「義父」という立場が持つ発言力や特権性をわかっていたし、自分の一声でまわりを和ませることも凍らせることもできる立場から、何が言えるだろうということを考えていたのだろう。それだけでなく、ピュアに感謝の気持ちを持っているところも含めて、私や妹は祖父のことをとても格好いいなと思っている。

私も含めて人は誰もが「無意識の偏見」というものを持っていて、脳みそはストレスをなるべく避けるために自分の考えや行動を「正しい」と解釈しやすいらしい。たしかに毎回「私の今の言動、まずかったかも？」と考えてばかりでは息がつまるけれど、誰かと関わるときに、相手との相対的な立場を考えるというのはやって損がないことじゃないだろうか。つまり「他人の靴を履いてみる」余裕を持つ、ということである。

昔見たTVCMに、こんなのがあった。日本のとある公園でサッカーをする子どもたち。転がっていったボールを外国人と思われる子どもが拾った。

その瞬間に、緊張感が子どもたちの間を走る。言葉は通じるのだろうか？ 「遊ぼう」と誘っていいのだろうか？ というような沈黙だった。

そして自分から「入れて」と言い出せないその子に、ひとりの日本人の子どもが笑顔で「Join us !」と声をかけるのだ。一同は楽しそうにサッカーを再開する。新しい友だちを歓迎して。おそらく子ども向けの英語教育の広告だったと思うのだが、私は「じょいンなす！」という英語をすぐに覚えたし、いつか使えるタイミングが来たら大きな声で言ってみたいと思った。もちろんこういうコミュニケーションは相手の状況やタイミングにもよるし、受け取ってもらえない場合もあるから自己満足で押し付けては野暮だけれど、マジョリティにしか言えないことってたしかにあるよなあ、と思う。

そういう話を講演で話すチャンスをいただくこともある。もともと立っている高さが違う人に、それぞれ同じ高さの台を渡すのは不平等の是正にはならなくて、結果的に同じ高さからものが見えるように渡すべき台の高さは人によって違うという話だ。それだけではない。ある場面において、もともと立っている高さが低くなりやすい人、つまりいろんなマイノリティのなかでもグラデーションがあって、一概に「障碍者はこう」「外国籍の人はこう」だなんて言えないし、対応はオートメーション化できないということだ。講演中に質問を募集すると、高確率で「外国人の社員やLGBTQ＋の社員が、職場で困ることはなんですか？」みたいな質問をいただくが、「ちょっと、主語がデカすぎないですかね？」と必ずツッコミを入れるようにしている。たしかに、特定の属性を持つ人が困りやすいことというものはあるが、「これさえおさえておけば問題なし」とか「解決！一問一答」みたいな横着をしないことこそが、大事なんじゃないかと私は思っている。卒業するころにはすっぽり頭から抜けている受験勉強のようなやり方で安心していいわけがない。人とのコミュニケーションで一問一答のこたえを暗記していても、うまく応用が利かないことのほうが多いものだから。ちなみに「女の子って、こういうの好きでしょ？」と渡されたプレゼントにモヤモヤしたことがある人の感情も、これに似ているかもしれない。「女の子」という想像の記号ではなく「目の前の私を見なよ」という話である。

そんなことをここまで書かせてもらった私だけれど、まだまだ思い込みで生きている。先日、誕生日を迎えた母にバラを贈った。幼稚園のときにやった親子共同参加のゲームで、「お母さんに好きな花を聞いて、先生に伝言ゲームをする」というものがあったのだが、「そのときにたしか、ママはバラと言っていた」という25年も前の記憶を引っ張り出して母はバラが好きだと思い込んだ私は、意気揚々と花屋の戸を叩いたのだ。きれいに咲いたバラを花瓶に移しながらそれを話すと、母は笑った。「バラもたしかに好きなんだけど、ほんとうはかすみ草が好きだった気がする。バラは幼稚園児でも覚えられる名前だから言ったの。かすみ草って、5歳にはむずかしいかなあって」。ちなみに今好きなのは紫陽花らしく、私も笑った。人は移り変わる。そばに居すぎてピントが合わなくなっている相手のことこそ、ちゃんと見ていける大人でありたいと思った。

ごうだ・あや（株式会社TIEWA代表取締役・「Palettalk」編集長）「群像」3月号

図書館考

宮内悠介

職業が小説家なのでときおり図書館の話題になる。図書館で読まれるとお金にならないので、「図書館で読みました」と著者に言うと怒られるなんていう話も聞く。それはそれで仕方のないことだろう。でも、それと同時に思い出す光景がある。

それが、図書館に足繁(しげ)く通っていた、いまは亡き祖母の姿だ。祖母は大正生まれで、ミステリーが好きで、よく図書館で内田康夫とかを借りて読んでいた。読書家だったと言っていいだろう。いつも、図書館で借りたなんらかのミステリー小説が部屋にあった。

亡くなる少し前、祖母が入院して、いよいよかと見舞いに行ったら、病院の図書館で本を借りて読んでいて、それがやっぱり内田康夫だったので笑ってしまったことがある。図書館と内田康夫は、間違いなく、うちのばあちゃんの寿命を延ばしてくれた。

こう言ってくれるかたもいる。図書館や古書店は著者の応援にはならない。新刊で買うべきであると。それは確かにそうなのだ。新刊で買ってもらえるかどうかは、ぼくにとっても死活問題である。ありがたい。でも、こうも思うのだ。

ぼくはスーパーで買う野菜の代金が、どういうふうに流れていくかを知らない。ぼくたちはあらゆる場面で消費行動をしている。手に取った商品がどのようなビジネスモデルで売られており、どういう金の流れになっており、どうしたら生産者の応援になるか、それをすべて理解するのは事実上不可能であるし、理解を強いるのは酷ではないか。

古書店で本を買ったり図書館で本を借りることは違法ではない。悪いことではないのだ。「図書館で借りました」というのは、確かに、書き手に対する想像力を欠くかもしれない。でも、ぼくたちは図書館で借りる人への想像をちゃんとしているだろうか。

古書店に払われる百円なり二百円なりは、それでも、その人が捻出した、貴重な百円なり二百円だ。時間をかけて図書館へ行くのも、一つのコストである。彼らは彼らで、対価を支払っているのだ。

というわけでぼくのスタンスとしては、どうあれ手にとっていただけるだけでありがたい、ということになる。もちろん新刊を買っていただけるのが一番助かるのだけれど、

「図書館で読みました！」と悪意なく、むしろ喜びとともにいってくれる人に、害意など持ちようがない。だいたい図書館も本を買っているし、その前に、図書館は文化だ。

幸せな読書体験というものには、えてして文脈がある。たとえば、憧れの先輩が本を貸してくれた。バイトして高い本を買った。貴重な日曜に丸一日かけて読んだ。「図書館で借りた」もまた然り。こうした「作者の手の及ばない体験」を、ぼくは尊重したい。

みやうち・ゆうすけ（作家）　「讀賣新聞」三月二十二日・夕刊

貴重品ゆえの優しい世代

酒井順子

「Z世代」という言葉を聞くと、いつも私は一種の畏怖を覚えるのでした。Z世代とは、十〜二十代の若者を示す言葉。「今どきの若者は」ではなく「Z世代は」と言うと、X世代（私はどうやらこの世代の端くれらしい）には何やら格好良く聞こえるものです。

若者はしばしば○○世代と言われ、そのレッテルを一生背負い続けることになります。そもそも若者を特殊な一つの世代として捉え、旧世代との違いを強調する動きは、日本においては戦後の「アプレ・ゲール」あたりから目につくようになったのではないか。

フランス語で「戦後世代」といった意味を持つ「アプレ・ゲール」は、当初は戦中派とは異なる新しい感性を持った若者という意味で使用されたようです。が、次第にそれは不良の代名詞のようになり、若者が起こした事件は「アプレ犯罪」と言われたのだそう。

団塊の世代、全共闘世代、シラケ世代、バブル世代、氷河期世代、ゆとり世代…と、その後も若者は、時代によってさまざまなレッテルを貼られてきました。ちなみに私は、アメリカ風に言うとX世代ですが、日本式で言うとバブル世代。一九八〇年代の〝軽チャー〟と、バブルと言われる好景気を、若い時代に体験した世代です。

日本における若者の地位の変化には、やはり戦争が大きく関係しているのでしょう。戦前も、例えばモボやモガのような若者はいたけれど、それは世代全体として新しい動きをしたわけではなく、一部の先鋭的な若者たちが過激な行動をした、という現象。対してアプレ・ゲールは、戦争によって生み出された新しい世代ということで、当時の大人たちは「自分たちのことを馬鹿にしそうな世代」としてアプレ・ゲールに畏怖を覚えたのではないか。

戦後に若者が偉くなったのは、やはりアメリカという若い国に日本が敗れ、日本人がハタと、若さの価値に気付いたせいなのだと思います。民主主義によって自由を獲得し、大人の支配下から離れた若者は、大人から恐れられ、うらやましがられる存在となったのです。

若者の地位が上がるにつれて、大人たちは「いつまでも若くいなくては」と思うようにもなります。平均寿命も延びたので、早く老けると、老人時代が延々と続いてしまうという事情もありましょうが、「若い」ということの価値が上がったから、男も女も若さに恋々とするようになってきたのです。

デジタルの時代になると、若者の偉さは次の段階に入りました。アナログ時代は、経験値が積み重なることによって、大人の偉さが成り立っていました。しかしデジタル時代になると、積み重ねることよりも、常に新しい情報をキャッチすることの方が大切に。パソコンを人さし指でしか叩くことができない大人の権威は、地に落ちてしまったのです。

希薄な反抗心

しかし今、〝若者の偉さ〟に、異変が起きている気がしてなりません。Z世代の若者は、旧世代と大きく違うのに、偉そうではないのです。例えば大人がスマホ操作に手間取っても、馬鹿にしない。「八〇年代の歌謡曲、いいですよね」と、大人のカルチャーに敬意を示す。そして多くの学生が「尊敬する人は、両親です」と言うらしい。

そんなZ世代を見て、私はそこはかとない不安を覚えるのでした。親に反抗し、大人に若さをひけらかしてこそ若者、と思っていたが、今の若者は大人に対する反抗心が希薄。しかし大人への反抗という通過儀礼を経ずして、若者は大人になることができるのか、と。

日本のZ世代は、少子化世代。親から大切に育てられ、自分たちが〝貴重品〟だということを認識しています。貴重品である自分たちに対して強権を振るう大人などいないことをよく知っている若者たちは、大人に反抗する気にならないのかもしれません。

彼らはずっと、優しい世代として年老いていくのか。それとも、多くの高齢者を支えなくてはならなくなった時、「やってらんねぇ」と、遅く来た反抗期を迎えるのか。私がZ世代に感じる畏怖には、そんな気分も混じっているのかもしれません。

さかい・じゅんこ（エッセイスト）　「東京新聞」六月六日・夕刊

脇役たち

西崎　憲

筆者の仕事は小説の翻訳なのでたまに解説で作者の簡単な評伝を書く。評伝は広範な調べ物が必須になるのでそれなりに大変なのだが、作家の人生はほぼ例外なく面白く、ときに作家が文字ではなく行動でつづった作品といった趣もある。さらにそこには決まって印象的な「脇役」が登場する。そして脇役の男女たまに動物は作者本人より深く記憶されることがあり、カリブ海生まれの作家ジーン・リースの最初の夫ジャン・ロングレもそのうちの一人である。

リースが結婚を決意するにあたっては2回目に会ったときのロングレの言葉が影響している。2人はソーホーのレストランに入る。リースの自伝によると彼女は当時の若いカップルに一般的だったように、笑いながら中年の婦人客の陳腐な服装を話題にしようとする。ロングレはなぜジーンがその婦人を笑うのか尋ね、それから言う。「あの人は普通の女の人じゃないか、ほかの人たちと同じように」。その言葉はリースの心を動かす。

ロングレはオランダ人の母とベルギー人の父のあいだに生まれたが、フランス人を自称した。作曲家で歌い手であり「シャノワール」などの有名キャバレーに出演したということである。

一見幸福な出会い方をしたように見える2人だが、ロングレはじつはフランスのスパイだった。そして善人とは言えない面を多数持ちあわせていた。ロングレはオーストリア＝ハンガリー帝国解体のために組織された委員会の事務方の仕事についたとき、立場を利用して不正に金を得る。そして悪事が露見したとき、ロングレは拳銃自殺をほのめかすが、リースは説得し、ふたりはすべてを捨てて早朝にチェコスロバキアに発つ。

ロングレはまったくの悪人ではないようだ。けれどどこかに弱いところがあったように見える。ロングレが記憶に残るのはもしかしたらその弱さのせいかもしれない。

エドガー・アラン・ポーの遺著管理人であったルーファス・グリズウォルドも忘れがたい人物である。ポーとグリズウォルドは不仲だった。けれどもポーはグリズウォルドに死後の著作の管理を依頼する。グリズウォルドはポーが死んだあと意図的にポーの評判が失墜するような文章を書き、遺族に支払うべき金銭を着服する。

グリズウォルドにはポーと同様憂鬱症の傾向があり、妻が死んで40日経ったとき、あまりの悲しさに狂気に囚われたようになって、納骨所に行き、死者の額にキスをし、湿った髪の毛を一房切る。ポーの作中人物を思わせるゴシック的行動と言うべきだろう。

もうすこし明るい脇役もあげておこう。

G・K・チェスタトンは20世紀初頭のイギリスの文人で、ブラウン神父シリーズでお馴染みだろう。かれはまれに見る機知を具えた巨人のような書き手であったが、物理的にも大きかった。大きすぎて亡くなった際には棺を階段経由で階下に運ぶことができず、結局窓から降ろしたという。

そして夫人のフランシスもまた詩や劇作をよくした才人だった。チェスタトンはフランシスにすべてを頼っていたらしく、あるとき、出かけたチェスタトンから家のフランシスに電報が届く。マーケットハーバラにいるんだが、ぼくはいまどこにいればいいんだ。そういう内容だった。

筆者は脇役という言葉を使っているが、もちろんそれは視点の問題である。ロングレから見たらリースが、グリズウォルドから見たらポーが脇役になる。かれらが脇役に見えるのはここでリースやポーを前景に置いているからである。

思うに、わたしたちの多くは、子供のころは絶対的な存在だったはずだ。意識としてはつねにわたしたちは前景にいたはずである。しかし残念ながら人はずっとそうであるわけにはいかない。ほぼすべての者が成長の過程のどこかで自分が脇役にならざるをえない状況、背景にならざるをえない状況に立たされていることに気づくはずである。

その発見はおそらく残念なものである。そしてそのことに気づくのはなにかの終わりを意味するかもしれない。

しかしまあいいではないか。

自分が脇役であると気づくのは同時にほかの脇役の存在に気がつくことでもある。そしておそらく背景の細部に目が行くことでもある。

自分がしばしば脇役や背景であるという認識を受けいれることはたしかにすこしさびしくはあるが、そのあとに現れる世界はおそらく前景だけの世界より複雑だろう。それはたぶん以前より豊かな世界である。

にしざき・けん（作家・翻訳家）「日本経済新聞」五月十四日

たるぴと影

青柳菜摘

たるぴが死んだ。四月十日から十一日にかけてのことだった。今年は二〇二三年なので、たるぴがうちにきてから五年半経ったところだった。ヨツユビハリネズミという種で、食べることが好きだった、とも言えるけれど、食べなければ生きていけないというだけだったのかもしれない。本当に好きだったかどうかはわからないままだ。反応から見るに、好物が虫であることはたしかだった。ホームセンターのペットコーナーで店員さんに声をかけ、いつも裏で保管されているから陳列されていない、プリンカップに入れられたミルワームを出してもらう。おそらく国内のどこかしらで育てられ孵化してそこそこ大きくなったミルワームがおがくずまみれで鈍く動く。成長しすぎてはいけないために、冷蔵庫で冷やされている。

これまで、虫と、その餌である植物を観察してきたから、今度は虫を食べる生きものと暮らしてみたいというのが、たるぴがうちにくることになったきっかけだった。ペット、という存在ではなかった。家族でもなく、兄弟でもなく、ただ、ともに暮らす生きもの同士。でありたかった。そうは言ってもわたしがたるぴをペットショップで買ってきたことには変わりない。タイで生まれたばかりのハリネズミは突然日本に運ばれ、きっと道中は暗い箱に入れられて、やっとたどり着いたペットショップ。丁寧に説明してくれる店員さんの話を聞いていると大切に育てられてきたことがよくわかる。わたしはペットとしてたるぴを買った。だからたるぴにとっては、ともに暮らすのではなかっただろうし、暮らすということもわからずに生きていた。たるぴは生まれてからずっと、自分がどこにいるかもわからないまま、眠らせた野性を闇のなかに見て、自然に暮らすということを知らずに生きていたのだろうか。同じ生きものであっても、ともに暮らす、ということに避けきれない条件があるのだ。その条件を、わたしたちはペット、という言葉で人間の日常に慣らしている。人間の独断でともに暮らすことをほかの生きものに迫ったときに、ではともに暮らすとはなんなのだということを考え続けなくてはならない。

二〇二二年の十一月、右顎に小さなしこりがあることに気づいて病院に行くと、扁平上皮癌であろうとの診断だった。わたしではなくたるぴのことだ。食欲はあるけれど硬いご飯を食べにくそうにしていて変だと思った。ご飯は何種類も試してきたが、たるぴはとくに大きくてガリと噛んで食べるものを好んだから。好みが変わったとは考えられなかった。腫瘍は日に日に膨らみ、歯茎が溶け、自分からはご飯を食べなくなった。ご飯をお皿に入れると起き上がって近づくけれど、諦めてすぐに寝てしまう。小動物用チキンペーストは今までと変わらない勢いで食べていたものの、栄養が足りないので、シリンジ（針のない注射器）で流動食をあげることにした。吸い上げて口に入れると、顔をしかめながらチャッチャッと少なくなった歯で噛む。それからは毎日朝と夜、シリンジを使ってご飯を食べさせた。溶けてしまった方の顎からご飯が垂れるので、ぬるま湯で毎回体を洗う。以前よりもきれいな、服を着てないのに着ている人間みたいな体になって、ヒーターの上で寝る。食べられるご飯の量も増えていって、広がる腫瘍とは反対にたるぴは元気になっているようにも感じる。ご飯を食べることは、生きるために栄養をとることであるのと同時に、がん細胞を活性化させることでもあった。

たるぴが死んだその瞬間、涙はほとんど出なかった。家に帰ったら水飲み場の下のあたりで口を少しあけてくたっと寝ていたから持っていたバッグを投げ捨ててたるぴを抱き上げて手で包んだ。瞬間といっても、体は温かく、柔らかく、手も足も動く。呼吸しているか確認しようとじっと見つめても、わたしの方が呼吸をしてしまってよく見えない。わたしの目にはまだお腹が息をしているように見える。一時間経っても二時間経っても手の中で柔らかいままなので、まだ死んでないとはっきりわかった。三時間経っても四時間経っても柔らかかった。ちょっと頭が固くなって針が立った。死ぬときの引き伸ばされていく瞬間という時間を手のひらで何時間も感じた。何時間もの間に出た涙はわずかだった。それは、数日前、たるぴが一度死んでいたからだ。そのときもくたっとして動かなくなった。もう死ぬんだとわかって、一日中抱いて泣き続けたから、そこで涙は一度出尽くしていた。ケージに戻してしばらくすると、変わらずチキンペーストを食べようとして水も飲んで、さっきまでの様子はなんだったのかと疑うくらい元気になった。

たるぴはもう一度死んだ。火葬場へ連絡をして、一日、虫が、たるぴの好きだった虫が、つかないように保冷剤を入れた箱にタオルを入れて寝かせて、線香はないので金沢で買ったヒノキのお香を焚いた。ハリネズミは針葉樹アレルギーのことが多いけれどたるぴは大丈夫だった。と思う。火葬までのあいだ、たるぴのことを書かなければと思い新しい山吹色のノートを引っ張り出して文章を書いた。書けば書くほど、思い通りに書けない。

あのときのことが書きたいなと、頭の中ではわかっているのに、ペンは違うことを書いてしまう。文章というのは、言葉を連ねて意味を繋げていくものだ。記録したいならなおさら、残しておきたいことをあとから読んでもわかりやすく書いておきたい。だけど、いくら書きたいことを目指しても、感情だけが文章を作ってしまってどうにもできない。ひたすら書き続けた。辿り着かない記録に向かって。火葬に行くギリギリまで書いていた。

ハリネズミは、ネズミではない。真無盲腸目に属しており、そこにはモグラもいる。ハリネズミとモグラは親しいけれど違う生きもので、どちらも虫を食べる。たしかにたるぴは目があまりよくなく、かといって鼻や耳に頼っている様子もない。わたしがケージの前に立つと、起き上がってこちらにくることもあったが、ケージ奥の壁に映る、差し出した手の影を目掛けて走っていくことのほうが多かった。たるぴにとっては「暗さ」が存在であり、ご飯にありつける何かだった。常に暗いところに向かっていくので、ケージから出すとテーブルの下、クッションの隙間、スカートの中、暗がりの方へ潜っていってはおしっこをした。光に彷徨う鱗翅目とは真反対だ。ケージの外へ出ると必ずどこかでおしっこするので、タオルの上でおしっこが出てから抱っこすることにしていた。「暗さ」は存在であり、居場所であるようだ。わたしのことは、実体も影も、どちらもたるぴにとっての存在だったのかもしれない。でも指を鼻先にもっていくと嫌がる。夜、ケージにブランケットをかけると待ってましたと言わんばかりに闇の中で滑車を回った。空を覆う夜のカーテンみたいに感じていたのだろうか。時々滑車から降りて、水を飲んだりあたりを見回している音がする。夜の暗さと、影という存在の違いが、たるぴにとってどのくらいあったのかはわからない。暗さへと走り続けながら、闇のどこかにわたしの「存在」を見つけようとしていたのかもしれない。

あおやぎ・なつみ（アーティスト・コ本やhonkbooks主宰）「群像」7月号

「くちきかん」の心

宮部みゆき

私にとって菊池寛は、まず第一に、小学校の国語の教科書で読んだ「入れ札」という短編の作者でした。博徒・国定忠治の逃避行に従いていく者を選ぶための入れ札で、自分の名前を書いてしまう九郎助という年かさの子分のお話です。人間の心が生み出す卑小と高潔、嘘と真実、正直と欺瞞、偽りがはらむ悲しみをつぶさに描いており、半世紀前の小学校四年生にはかなり重たい小説だったようにも思えますが、だからこそ、一読忘れ得ぬ記憶が刻み込まれたのでしょう。

その後、中学生になってからだったと思いますが、日本史の小ネタを集めた楽しい本で、文豪・菊池寛は機嫌が悪いとまわりの誰とも話をしなくなり、何日もむっつりと黙りこくっているので、

「それじゃ〈きくちかん〉じゃなくて〈くちきかん〉だ」

親しい友人に、そうからかわれることがあったというエピソードを知りました。

これが事実なのか、たとえばベートーベンにまつわるいくつかの有名なエピソードのように、著名人の人となりを表すものとして後世に創作されたものなのか、私には判断がつきません。ただ今回、第七十回の菊池寛賞の受賞が決まりましたよ――というご連絡をいただいたとき、しみじみと思い出したのが、この「くちきかん」でした。

何というタイミングか、私は人生初の全身麻酔による手術を受けるために、病院に入ろうとしているところでした。こう書きますと大事ですが、前歯の奥の嚢胞を除去し、厄介な深い場所に埋もれている親知らずを抜くという、やや大がかりではありますが歯医者さんが施してくださる手術ですので、命には別状ありません。それでも初めてのことなので、私はビクビクおどおどしておりました。

幸い、プロ中のプロの先生方、看護師さん、薬剤師さんのチームにご尽力いただきまして、手術は予定通りにすんなり終了。あと二時間もすれば起き上がって着替えもできる――という段階で、しかし、私は（うわぁ）と思いました。

麻酔が切れてくると、とても痛い。口のなかに血の混じった唾液がいっぱい溜まる。前歯の奥を手術したので、鼻血も出る。できるのは、ただナースコールを押すことだけです。しゃべれない。（うわぁ）と声を出すのも難しい。

――これがホントの「くちきかん」だ！

この場合、正しくは「くちきけん」だったわけですが、ともかくも、いっそう忘れがたい受賞の思い出が生まれたのでした。

小説を読む楽しみのなかには、「ページを繰っているあいだは現実から離れることができる」という効能が含まれています。それでは、人が（純粋な娯楽のためではなく）現実から離れたいと思うのはどんなときでしょう。心身が弱っているとき、逆に忙しすぎたり感情が高ぶっているとき、何らかのプレッシャーを感じているとき、解決の難しい問題に直面しているとき、世の中の全てが自分に背中を向けているように感じるとき。

煎じ詰めるならば、ほんの短時間でもいいから、自分の外側の世界とのやりとりを休みたいと思うとき。つまり、「くちきかん」を求めるとき。

当代一流の人気作家であり、出版界を背負う事業家でもあった菊池寛は、どれほど疲れていても、むしゃくしゃしていても、気まま思うままに己の責任を放り出し、どこかへ隠れてしまうことはできなかった。不機嫌そうに、むっつりと黙っているくらいしか許されなかった。だからこそ、人が「くちきかん」を求める心を知り尽くし理解し尽くして、作品を書いていたのでしょう。

今でも「入れ札」を読み直すと、私は上州の山中の暗闇にうずくまり、後ろめたさに怯え顔を火照らせながらも、自分の名前をちまちまと書かずにいられない九郎助になりきってしまいます。読み終えて本を閉じれば、我欲のため見栄のため、卑怯でみっともない真似をしてしまう自分自身が、九郎助の顔をして、暗いところからこっちを見ているのに気づきます。

目が合うと、それは消えてゆく。そして私も、一人でひたりきっていた「くちきかん」の心のモードを切り替えて、また日々の暮らしのなかに戻ってゆくことができるのです。

みやべ・みゆき（作家）　「文藝春秋」2月号

いきものの匂い

堺　雅人

　ドラマ『VIVANT』の撮影でモンゴルに二ヶ月滞在した。

　五月三日にモンゴル入りし、半月ほど北部で撮影。ひと月かけて、南下しながらゴビ砂漠の各所をめぐり、六月中旬ウランバートルもどり。二週間、首都周辺でロケをおこない、七月一日帰国した。

　モンゴルは、むかしから大すきな国だ。司馬遼太郎のエッセイや小説で、あこがれをつのらせ、二十年前にはひとり旅をしたこともある。もっとも、このときはモンゴルの食事があわなかったようで、体調をくずしてしまった。一週間の旅程のほとんどを、ホテルの部屋やゲル（遊牧民のテント）にとじこもり、読書ばかりしてすごした。ところが今回は、体調もよく、毎日の食事がたのしみでしかたなかった。約十名の調理スタッフのおかげである。

撮影隊は二百名。日本人とモンゴル人が半々だ。朝は、おにぎりか、モンゴル揚げパンの二択。昼と夜は、炊きたての白米に、おかずと、スープ。メインは鶏、豚、牛、羊のローテーションだ。羊が続くと日本スタッフがお腹をこわし、鶏や豚ばかりだとモンゴルスタッフの元気がなくなる。メニュー選びも大変だ。

二十年まえ苦手だった羊肉は、まったく平気だった。乳製品も、チーズ、バター、ヨーグルト、生乳、種類も豊富で味も濃厚だ。スーパーでうっているミルクをいれるだけで、たとえそれがインスタントコーヒーでも、生命が吹きこまれたみたいに、おいしくなるのだ。特に気にいったのが「アーロール」という乾燥チーズだ。脱脂乳を発酵させたもので、コクと、独特の酸っぱさがクセになる。腹もちもよく、食事時間がおそくなっても苦にならない。僕はいつもカバンにいれて、もちあるいていた。

モンゴルの食材は、肉も乳製品も、わずかに、いきものの匂いがする。動物をなでたあとの手のような、ほんのりしたケモノくささ。けれども慣れてしまえば、それも「ああ生き物をいただいているなあ」と、魅力のひとつに感じられるから不思議なものだ。正直にいえば、帰国したいま、僕には日本の肉が少々ものたりない。あらいすぎて磯の香りがとんでしまった海産物のような、パンチのなさを感じてしまう。

においが気にならないのは、多分モンゴルの湿度も関係している。おかしな連想だが、トイレもそうだ。草原や砂漠のトイレは、穴をほって板をわたしただけのワイルドなものがおおく、二十年まえは衝撃をうけた。だがそのうち、それほど不潔に感じなくなる。むしろ都市部の水洗のほうが、砂塵のせいかすぐに詰まり、こまったくらいだ。カラリとした空気が、だしたものを乾燥させて「僕らもいきものなんだから、まあ、しょうがない」くらいの気分にさせてくれる。

日本食がつづいていた六月初旬、ヒツジとヤギがふんだんにふるまわれた夕食があった。そのときのモンゴルのみなさんの、いきいきした様子がわすれられない。みんな夢中で、骨と骨のあいだの、こまかな肉までチューチュー吸っている。特にうまかったのは臓物スープだ。日本で食べるレバーやハツだけでなく、腎臓や、親指の太さほどの大動脈、ぶあつい横隔膜まで煮こまれている。あたりまえだが、それぞれの部位で味がちがう。あじつけは、塩のみ。主役は肉だから、余計な調味料はいらないのだ。

モンゴルで僕は、しばしば「いきもの」についてかんがえた。獣の群れに身を投じる「遊牧」というくらしをつづけてきたモンゴルの風土のせいかもしれないし、フランス語で「いきいきとした」という意味の『VIVANT』というドラマタイトルの影響かもしれない。おもえば二十年まえの旅行は、書物のなかのモンゴルを確認しにいく「こたえあわせ」の旅だった。カラダではなく、おもにアタマがたのしんだ。今回は、その逆だったのかもしれない。

しごとのたび、僕はいつも「もっといきいきできないものか」と、おもいなやむ。この作品で、僕の芝居が変化したかどうかはわからない。しかし「いきものとしての自分」を自覚することは、演技のおおきなヒントになるのではないかという気がしている。

旅行ではなく、モンゴルで「生活」をした、ふた月の収穫といっていい。


さかい・まさと（俳優）　「文藝春秋」11月号

親父が倒れた

加納愛子

めずらしく兄ちゃんから着信があり、嫌な予感がした。

案の定、「親父が倒れた」と伝えられる。その電話を受けたとき、私は年末特番の収録前でバタバタと慌ただしいテレビ局の楽屋にいた。ああ、こんな報をこんな場所で受けるなんて、ずいぶん大人になったもんやな、と見当違いなことをまず思った。聞くところによると、本当は1ヶ月ほど前からかなり具合が悪くなっていたそうだが、11〜12月はお笑いのコンテストの時期で、私が神経質になっているだろうという母親の配慮で、しばらく連絡せずにいたのだという。

しかしながら、親父の病状を伝える兄ちゃんにもそれを聞いている私にも、一切の動揺はなかったように思う。親父は運ばれた入院先で重度の糖尿病と診断されたらしいが、私たちは「そらそうやろうな」という感想しか持たなかった。昼間からがぶがぶと酒を飲み、甘いものが好きで、運動は一切しない。タバコもアホほど吸う。そんな好き放題に体をいじめている親父が健康であるはずがなかった。もちろんそれを補塡するほどの徳を積んでいる様子もない。私が慈悲深い神であっても「アウト」のジャッジを下したであろう。

「まあ、あんな生活してたら糖尿なるやろうな」と呆れながらも大げさに笑う私に、兄ちゃんは「せやな」と言いながら、私の半分くらいの笑いで返した。半分くらいやったな、昔やったら絶対私と同じくらい笑ってたよな、人の親になると不幸への向き合い方が変わるんかな、という思いがよぎって一瞬で消えた。

とりあえず命に別状はなさそうではあるが、なにぶんコロナ禍であるために誰も面会に行けず、最新の細かい情況はわからない。兄妹間でなにかを取り決めるわけでもなく、必要最低限の情報共有だけおこなって、最後に兄ちゃんが長男らしく母親の心労を気にかけるようなことを二言三言つぶやいて電話は切れた。「親父が倒れた」と聞いた瞬間に、頭の中でちあきなおみの「喝采」を流してしまったことは黙っていた。兄ちゃんが「命に別状はなさそうやねんけど」と言ったときに慌てて歌のボリュームを絞ったことも。そして電話を切った直後に、「これはコラムになりそうやな」と思った。自分でも引くぐらい不謹慎な娘であるが、これはもう職業柄しかたがない。

親父は大晦日に退院することになり、私は一日だけ帰阪して母親と病院に迎えに行くことになった。歩行困難になっているらしく、用意した車椅子を押して病院へむかう道すがら、母親に「ある程度は良くなったん?」と聞くと、「知らん。けど正月に間に合うように帰らせろって暴れて手に負えんらしいわ」と嘆いた。

異例の「看護師さんがギブ」という最悪な理由での退院であった。私は親父の暴れっぷりがどれほどのものか見てやろうと少しワクワクしていたが、母親はこれから介護に近い生活が始まることや、病院側に謝らなければいけないことで思考が埋め尽くされているようで、とめどなくため息をついていた。しかしこれは不本意ではあろうが、私はなぜか、母親の言い捨てるような「知らん」が好きであった。

看護師さんと親父のファイトは期待以上のものだった。「いまお父さんが降りてきますのでここでお待ち下さい」と受付で言われて1階ロビーで待っていたが、一向に来る気配はなく、「これは帰り支度で一暴れしているな」と思っていたところに、廊下を曲がった向こう側から「そんなに押すなや!!!」と親父のどなり声が聞こえてきた。その直後に看護師さんの「うるさいなあ!」と返す声が続く。母親は私のほうを向いて白目を剥いた。

車椅子に乗せられて来た数ヶ月ぶりに会う親父は、最後に会った夏よりも二回りほど小さくなっていた。私をみて「おう！　来てくれたんか！」と嬉しそうに言ったが、筋力が低下しているのか腕はあげなかった。しかし威勢は衰えることを知らず、目を見た瞬間になにかに滾っていることはわかった。病院の車椅子から持参の車椅子に乗り換えさせる作業中、「そこ持つな!!　痛いねん!!　ゆっくりやれや！　待てや！」と退院直前までスパークしていた。

私も「世話なったんやろ!!　ありがとうございますやろ！」と声を荒らげた。看護師さんは確実にはらわたが煮えくり返っていただろうが、「お父さんほんまにずっとやかましかったですわ！」とくだけた言い方で笑ってくれた。なんて素晴らしい看護師さんなんだろうと感動していたところへ、親父は「おい！　俺の現金どこやねん!!　なくなってるやんけ！　取ったやろ!!」と騒ぎ出した。それにはさすがに私もむかついて「誰が取るねん！　車椅子ひっくり返したろか！」と脅した。親父はストレートに「ひっくり返すな!!」と答えた。あまりのシンプルな返しに、ちょっと笑ってしまった。頭がボケてしまったのか入院時の記憶が曖昧なだけなのかはかりかねていたら、母親は「現金なんか持ってきてないわ！」とピシャリと言い、看護師さんに何十回目かの謝罪をして、車椅子を押して病院の出口に向かった。私は看護師さんに「こんなもんしばいたったら良かったんですよ！」と言うと、看護師さんは「ほんまですね〜」とまた笑ってくれたが、病院の玄関まで見送ってくれたあと、入り口の自動ドアが閉まる寸前でめちゃくちゃ大きなため息をついたのが見えた。数日でもうるさい親父の面倒を見てくれたことを思うと、どうか長期休暇をとってほしいと心底思った。

病院を出て久しぶりに太陽の光を浴びた親父は、「シャバやシャバや〜」と面白くない喜び方をして、続けていかに自分が入院中に不当な扱いを受けていたかを述べた。私と母親は「はいはいかわいそうかわいそう」と話半分で聞いていた。そして家に着くなり、「タバコくれ、あと甘いもの食わせろ」とはっきり言った。そのうそみたいな要望には、むしろすがすがしささえ感じた。母親が「あかんて。血糖値あがるやろ」と言うと、親父は「あげたらぁ‼」と吠えた。

車椅子からソファーに移動させるため、私と母親で親父の体を支えて立たせようとしたが、これも一筋縄ではいかない。「そのまま膝曲げて後ろに座るだけでええから」「わかってんねん！　元気なやつの感覚で言うな！」とまたキレた。そして「元気なやつめ！」と初めての罵倒のされ方をした。私は「一回壁に手ついて立ってみ」と言って脇下に腕を入れ、手を壁に伸ばすように促した。が、体重が後ろにかかっているためになかなか届かない。「何してんねん、壁やって、壁に手ついてって」自立していない肉体を支えるのは大変で、母親と二人でなんとか壁に体を持っていく。「だから壁やってば！」親父も自分の体が言うことをきかないことに苛立っている。母親もしつこく「壁もって！　ほら！」と言うと、親父はなんとか必死で壁に腕を伸ばしながら、小さい声で「カベポスター」と言った。お尻を思いっきり蹴りたかった。

時間をかけてなんとかソファーに腰掛けることに成功した親父は、すぐにタバコを吸い始めた。が、久しぶりの喫煙は体によほどこたえるらしく、タバコを覚えたての若者みたいにずっとむせている。「ゴホッゴホッ、あーくるしい、ゴホッ、でもうまい、あーしんど、ゴホッゴホッ」と、刹那のおいしさのために、病院でなんとか繋ぎ止めた命をもう削り始めている。私は何を見させられているのかわからなかった。

それでも親父は家族と喋られることが嬉しくて仕方がないようで、ぺらぺらと饒舌に話し始めた。しかし一番熱のこもった話題が「差し入れのセンスについて」という、なんとも恩知らずな内容であった。入院中に退屈しないように兄ちゃんはいくつかの本を渡したそうだが、そのほとんどが小説だったそうで、「体しんどい言うてんのに読めるわけないやろ」と言って、兄ちゃんが差し入れた本を一冊一冊紹介しながら悪態をついた。子どもの厚意を踏みにじる最悪の親であった。

「見てみい、これ」と、親父が手にとったのは分厚いミステリー小説の上下巻だった。「良かれと思って買ってくれたんやろ」私は兄ちゃんを擁護しながらも、たしかに上下巻をチョイスするのは違うんじゃないかと思った。他の本も少し小難しそうなタイトルのものが多く、兄ちゃんは明らかに賢いと思われようとしていて、かわいかった。子どもはいつまで経っても親に褒められたいのだ。「たしかにちょっとセンスないな」「せやろ。そもそも本なんか読む体力ないっちゅーねん」その中に一冊、私たちコンビの写真とインタビューが載っている雑誌があった。若手芸人を何組かピックアップして特集している雑誌で、どうやらカベポスターも載っていそうだった。なんやねん〜これは読んだんちゃうの〜、とニヤニヤしながら、私は物分かりの良い子どもを演じ、「入院中は雑誌ですよね〜」と言った。その言葉で思い出したように、親父は台所の母親に「今週の新潮と文春買うてきて！　今すぐ！」と頼んだ。母親が背中を向けたまま白目を剥いているのがわかった。

かのう・あいこ（芸人）　「小説新潮」4月号

津波の夜の灯りに

川島秀一

東日本大震災では、私の生まれ育った気仙沼の町を津波が一掃した。職場が高台にあったので、一命は留めることができたが、沿岸ぞいにあった私の家と、そこにいた母は海の中へと引きずり込まれた。

石油タンクも流されたので、気仙沼湾内は名状しがたい火の海に包まれ、夜空は赤黒い煙で覆われた。その夜、煙に立ちこめられていない方角の空だけは、怖しいほどの満天の星だった。こんな目にあっても、天空を仰ぎながら「星が美しい」と、つぶやかざるを得なかった。海が少しだけ強く寝返りを打っただけの地球の自然そのものに対する、一つの弱い生物としての人間を感じた。

津波から一日、二日、一週間、ひと月と月日だけが静かに進むなか、職場の回りには「ちち、ちち」という春の小鳥の声さえ、耳にすることができるようになった。自然だけは何事もなかったかのように春を迎えていることに、またもや弱い人間の社会のことを思った。

家を失い、高台の職場に寝泊まりを始めてからは、夜を迎えると、外に出て気仙沼の灯りを見つめることに時間を過ごした。停電が続き、灯りを探すことしかできなかったからである。かつて、港の賑やかだったところの灯りは消え、流されずに残った市立病院の灯りだけが、一晩中、煌々と照り輝いていた。おそらく、そこには多数の怪我人が集中しているだろうことを想像していた。

三陸沿岸の漁村集落は、昼間の光景も様変わりしていた。何度も世話になっていた岩手県の漁師たちの安否を確かめるために、通い慣れた峠を越えるたびに気が付いたことがある。震災前には、峠から湾を挟んだ対岸を望むと、屋根に反射するキラキラする光が満ちていて、それとなく漁村の存在が分かったはずなのに、今では、北国の遅い春の、くすんだ山肌に溶け込んでいて、遠望しても、その所在が分からなくなっていた。夜も昼も、光は家の象徴であった。

その後、三陸沿岸と同様に、大津波のあったところを訪ね始めた。宮古・八重山地方を襲った明和八（一七七一）年の大津波では、多良間島は最大遡上高が一八メートルと推定されている。集落のある北側から襲われたが、夜分の襲来もあったものか、遠くから見ていると、カマドの火が消えたところ、消えかけているところ、消えないところが確認できたと語り伝えられている。

しかし、津波当日の夜の灯りは、被害の様子を象徴させるだけではない。あえて、高台に火を焚き続けることで、無事だった者たちを集める役割も果たした。同じ明和の大津波で、石垣島では、丘の頂上にあるタコラサー石と呼ばれる巨石（タコラサーはハブより大きなヘビの意）のそばで火を燃やして被災者を集めたという。最近まで、ある家では、明和の津波が起きた四月二四日の夕方になると、親族をタコラサー石に集まってもらって火を焚き、当時のことを話題にして一晩をすごしたという。

安政元（一八五四）年に紀伊水道を襲った地震津波は、和歌山県広川町では、後に教科書に採り上げられることにもなる「稲むらの火」の逸話を生んだ。本来は津波直前の話ではなく、当日の夜の話で、自らの稲わらを焼いて被災者を丘に集めたといわれている。ここでも津波の夜に灯りをともしたわけである。

三重県大紀町の錦は、昭和一九（一九四四）年一二月七日の東南海地震津波で六四名の死者を出した町である。それからは毎年その日が来ると、避難訓練を行うようになったが、夜間の避難訓練もしている。平成一〇（一九九八）年に最上部二一・八メートル、五〇〇人が津波から避難できるタワー（避難塔）を建てたが、日常の夜でも避難場所へ誘導するための電光掲示板が町内に立てられ、タワーも町中の灯台のように、夜もどこからでも見られる。

昭和八（一九三三）年の三陸大津波の記念碑は、青森県内に建つ七基が、すべて灯台に模して高台に建立されている。夜に灯りが実際にともらないとしても、そこに人を集めるという象徴が示されているように思われる。

東日本大震災のその後の夜も、いかに灯りが無事な人々を集め、心強さを感じさせたものか。当日の夜は、寒い暗闇のなか、明日の朝は、もしかして平常の朝に戻っているのではないかという、おかしな期待を持ちながら、浅い眠りに入っていった。

津波で行方不明になっていた母親はＤＮＡ鑑定で、一年後の春に遺骨となって、私の両手に白い布を被せられた箱に入れられたまま手渡された。寺に一時、納められた遺骨の前に、線香の灯りをともした。ささやかな灯りであったが、その灯りは私の心の中にも、静かに燃え始めた。心に火がともることなしには、前には進めることができないことも、おのずから知ることになった。

暗い体験をすればするほど、そこに挿す一条の光は力を増す。震災から一二年も過ぎ、心の炎の揺らめきに翻弄されるまま、私は生き続け、そして今日もまた、新しい朝を迎えている。

かわしま・しゅういち（民俗学者）「かまくら春秋」6月号

おじさんといわないで

高羽　彩

「おじさん」が若年化している。そう思ったのは、若い男性が「俺もうおじさんだからさ～」と自分を揶揄する姿をよく目にするようになったからだ。YouTubeでテレビで町角で、いや君あきらかに若者じゃないか！　という男性が「俺もうおじさんだから」と軽妙に話している。これは、自ら「おじさん」を名乗ることが、若年男性の処世術として機能していることを意味している。えらい時代になった。不味いと思う。だってそれは「おばさん」が、いや女性たちがかつて来た道だからだ。

かつては（というか今もなおだが）様々な社会的制約で女性の自立が難しく、男性に依存して生きて行かなければならない状況で、男性に好ましく思われることが女性の生存条件にならざるを得なかった。そうして男性の女性に対する価値基準が、そのまま社会における女性の価値基準へとスライドした。女性の価値は年を経るごとに目減りしていくとされ、年を重ねた女性を指す「おばさん」という言葉が、揶揄や侮蔑の意味を帯びた。人から言われるよりは、と女性たちは自ら「おばさん」を名乗り先回りして自分の心を守った。あるいは、この男性的で勝手な価値観を内面化することで「私はわきまえてる女ですから」と男性社会に与した。そして「おばさん」を名乗ることが処世術になった。今は経済的に自立した女性も増え、男女格差も多少は、本当に多少ではあるが是正されつつある。男性による「おじさん」名乗りが増えたのは、格差がフラットになることで年齢による侮蔑という感性が男性側にも流れ込んだからじゃないだろうか。女性たちの「男性にやり返してやりたい！」という気持ちも、少なからず影響しているような気がする。女性が男性を「おじさん」と揶揄する場面も最近になってぐっと増えたからだ。でもこれでは悲劇を再生産しているだけで全く展望が明るくない。年齢で人の価値を計るのも、自分で自分を卑下するのももやめた方がいい。悲劇をシェアするのではなく、利益をシェアする社会を男女共に築いていくべきだ。

とかいいつつ正直、男、ずるいな、という気持ちもある。女性たちは「おばさん」という侮蔑に打ち勝つためのロジックを、長い時間をかけて獲得し社会に共有してきた。男性たちが「おじさん」名乗りを始めた今、でもそういうのやめた方がいいよねという言説がすぐに出てくるのは、女性たちの苦難の歴史あってこそだ。女性たちが苦労して舗装した道の上をずいぶん簡単に歩いてくれるよな！　あたかも自分の力で歩ききったかのように！　とは思う。以前、貧困女性の支援活動をしている方に取材したとき「常に問題は存在するのに、男性の問題にならないと認知されない」と話してくれたことを思い出した。

舗装された道があっても、それを誰がなんで舗装したのかは目を凝らさないと見えてこない。綺麗な道はみんなで歩けばいい。でも、そこがかつて荒野だったことは忘れずにいたい。そして、今もなお舗装作業は続いている。

たかは・あや（劇作家・演出家・俳優）「すばる」3月号

教授と助手

中沢新一

私が大学で助手を勤めていた頃、坂本龍一はすでに「教授」であった。もちろんそれがインテリめいたところのある人を前にしたときの、音楽業界の人たちの好む揶揄(からかい)を含んだ、冗談の類にすぎないことはわかっていたが、私はその言い方になんとなく心落ち着かないものを感じていた。それというのも、私がこの「教授」という名で呼ばれる人間類型に、奇妙な違和感を抱いていたからである。

学生たちに向かって、体系的な知識を伝えることのできる人を教授と呼ぶというのが、たいがいの理解であろう。だがまだ若かった私は生意気にも、体系的な知識を身につけることに労するよりも、まず独創的でありたいなどと考えていた。類例のない例外的な思考や事物の熱烈な愛好者であった私には、自分がいまに教授と呼ばれるような立場に立つことになろうなどとは、思いもかけないことだった。

独創性と教授性とは、互いに相容れないものである。だから私は、ポップミュージックの世界に「教授」と呼ばれている人物がいることを知ったときには、なかなか複雑な思いにかられた。音楽では独創性が命である。そこに教授性が入り込んだりしたら、すべては台無しになってしまう。

しかし「教授」と呼ばれた坂本龍一という人の創る音楽を聴いて、私は自分の考えを改めなければならないと、つくづく悟ったものである。その音楽はまぎれもなく独創的だった。だが同時に、その人がやっている音楽はどこか本格的で、たしかな体系的なものにしっかりとつながっていたのである。この人の中では、独創性と教授性がうまく同居しあっていた。こいつはやられたな、というのが、その頃の私の正直な感想であった。

坂本龍一と私の出会いの時は、意外なかたちでやってきた。一九八〇年代の前半に、ヤマハがシンセサイザーの新製品を売り出すことになった。そのときの広告係として、なぜか私が選ばれたのである。シンセサイザーはおろかおよそ鍵盤楽器というものが苦手であった私は、この申し出を固辞しようとした。すると担当者はいかにも八十年代風の軽い調子で、「だいじょうぶですよ。てきとうにキーボードを叩いてるって雰囲気だしてもらえば、あとはこちらでてきとうに処理しますから」と、「てきとうに」という言葉を何度も使って、私を説得にかかった。そして気がつくと、八十年代まっさかりの頃の私は、シンセサイザーの前に立たされて、てきとうに鍵盤を叩きはじめていたのだった。

そこにスタジオの重い扉を押し開けて、坂本龍一がなんの前触れもなく、突然押し入ってきたのである。彼が緊張して、怒ったような表情をしていたのを、よく覚えている。挨拶もしないで、扉に背中を押し付けたまま、腕組みをしてじっとこちらの様子をうかがっているようだった。私はやけくそになって、鍵盤をめちゃくちゃに叩いた。するとさっきまで緊張していた坂本龍一の表情がふっとゆるみ、安堵の笑みまで浮かべた。そしてまたあいさつもせずに、ふっとスタジオの外に出て行ってしまった。

坂本龍一はそのとき、私がシンセサイザーの前に立つという話をどこかで聞きつけて、気になって敵情視察にきたのである。しまった！と思った私は、顔から火が吹き出るほどに恥ずかしかったが、自分もその頃は人にこういう無礼な振る舞いをしても平気な人間だったから、その無頼な人柄にむしろ好感を覚えたぐらいだった。それに考えようによっては、私は爪を隠して（私に音楽の爪など少しも生えていなかったが）烏滸をふるまうことができたわけだから、才ある人との初めての出会いとしては上出来だと思うようにした。

坂本龍一は自分の音楽的力量と知識にたいしては、絶大な自信をもっている人だった。その自信は、自分があまり得意でない分野にたいしても、いかんなく発揮された。のちになって私たちはちゃんと知り合って仲良くなり、対談や旅行などをするようになったが、話題が考古学のことであろうが人類学や生物学や哲学の話であろうが、国際政治や環境問題であろうが、事前にしっかり予習をして、うっかり相手に呑まれたりしないぞという気迫をもって臨んできた。

「教授」というあだ名は伊達ではなかったのである。彼は音楽にかぎらず、どんなことでも体系的な情報と知識を得ようとしていた。そのおかげで自分のなすべきことを、体系の中の「位置」として正確に把握することができた。自分のやっていることが、西欧音楽の歴史のどのような位置にあるかを計測しながら、創作をおこなった。この傾向は、晩年になるといよいよ強くなっていった。それによって彼の音楽的創造は、きちんとしていながら驚くほどに豊かであった。そのかわり、私の勝手な感想をいわせてもらえば、天衣無縫で絶対的に独創的というところが、少しばかり欠けていたように思う。

だから私は細野晴臣と知り合ったとき、彼の中に自分と同じような感覚と思想を見つけて、うれしくなったのである。彼の中には教授性というものがまるで存在しなかった。音楽は独創性だと、心から信じている人だった。坂本教授は、こういう人と音楽をいっしょにやれたからこそ、音楽で自由になれたのだろう。その意味でも、彼はつくづく体系的に運のよい人だったのである。

なかざわ・しんいち（宗教学者・思想家）「新潮」8月号

偽の気持ち

本谷有希子

幼い頃から人の親切を素直に受けられない性格だった。子供に優しくしてくる大人を見ると、「そうすることでこの人になんの得があるんだろう?」と警戒し、上京してからも自分に親身になってくれる人には、「私に優しくすることであなたは何を享受するんですか?」と真顔で尋ね、「理由なんてないよ」と言う輩は嘘つきで極悪人だと決めつけた。しかし「好意の返報性」という、他人から何かされると自分も返さなくては、と感じる心理があることを知ってからは認識が変わった。私が本当に警戒していたのは、「親切にされた以上、ゆくゆくはこちらも親切を返さなければならないぞ」という強迫観念だったのだ。そうだ、だから私は「サービスです」とミネラルウォーターを無料で渡してくる店や、お土産を大量にばら撒く人に、昔から苦手意識を持っていたのだ。しかしこうしてタネがわかった以上、むやみに怯える必要はない。返報性のスパイラルなど意志の

救難信号を聴き落とさないでね

内田　樹

修学旅行で関西に来ている高校2年生200人のための講演を頼まれた。日本の未来を担う若者たちである。長く生きてきた人間としてはどうしても言っておきたいことがある。喜んで引き受けた。でも、高校生はせっかくの楽しい修学旅行の最中に（それも晩ご飯の前に）知らない男の説教なんか聞きたくもないだろう。先方は「聴く気がない」、こちらは「袖にすがっても言いたいことがある」。合意形成は難しい。とはいえこちらも教壇に立つこと半世紀という老狐（ろうこ）である。絶対に寝かさないで最後まで話を聴かせる術（すべ）は心得ている。

それほどたいしたことではない。準備したことではなく、その場で思いついたことを話すのである。その場で思いついたことだから、うまい言葉がみつからない。時々絶句する。でも、絶句というのは聴衆を引き付ける上ではまことに有効なのである。

結婚式のスピーチで、用意してきた台詞を忘れて、頭が真っ白になって立ち尽くしている来賓がいたりすると、式場は「しん」と静まり返る。全員が注視する。講演も理屈はそれと同じである。何か言いたいことがあるらしいが、うまい言葉が見つからないで絶句している人が壇上でマイクを握っていれば、高校生だって目を覚ましてくれるだろう。

私が高校生たちに言いたいことはたくさんある。孤立を恐れるな。多数派に従うな。自分の直感に従え。愛と共感の上に人間関係を築くな。ものごとを根源的に思考しろなどなど。でも、私がした話の中で高校生たちが一番はっきりとした反応を示したのは、「助けて」というシグナルを聴き落とすなという話だった。

「助けて」という救難信号を発信している人がいる。君はそれを聴き取った。周りを見渡すと誰も気づかないらしく、そ知らぬ顔で通り過ぎてゆく。でも、君には「助けて」が聴こえた。だとしたら、それは君が「選ばれた」ということである。だったらためらうことはない。近づいて、手を差し伸べなさい。

「助けて」には色々な変奏がある。最もカジュアルなのは「ちょっと手を貸してくれない?」という文型をとる。この「ちょっと手を貸してくれない」という声も多くの人の耳には聴こえない。でも、君はそれを聴き取ってしまった。それは「悪いけど、そこのドア開けてくれる？」とか「その紙の端っこをちょっと押さえててくれる？」くらいのごく簡単な仕事だったりする。でも、「あ、いいですよ」の後の「どうもありがとう」から「何か」が始まることがある。他の人には聴こえない「助けて」が君には聴き取れたのだからそれは君ひとりのために用意された機会だったのだ。

「天職」に人が出会うのはたいていこの「ちょっと手を貸してくれる？」に応じたことによってである。私はそうだった。

君たちはこれからの人生で無数の「助けて」を聴き取ることになると思う。聴き取れる「助けて」は一人ずつ違う。それは君だけに向けられた救難信号なのだ。だから、決して聴き逃さないようにね。そう言って講演を終えた。高校生たちは目を丸くして私を見つめていた。生徒代表の女子が私に花束を差し出しながらにっこり笑って『助けて』を聴き逃さないようにします」と言ってくれた。

うちだ・たつる（神戸女学院大学名誉教授・凱風館館長）　「東京新聞」十月十五日

男女差

群　ようこ

物を書く仕事には、特に男女差はない。イラストなどのジャンルでも同じだろう。しかし私が原稿を書きはじめた四十年以上前は、編集者の女性はとても少なかった。最初に原稿を依頼してくれた雑誌は、母体がファッション系の出版社だった。声をかけてくれたのも女性で、編集部は女性がほとんどだったのだけれど、それは珍しかったのである。

大手の出版社でも女性編集者の数が少ないので、

「○○出版社の○○さん」

と女性の名前を出すと、

「ああ、あの人ね」

とほとんどの編集者が知っているような状態だった。私が会社をやめて物書き専業になった頃に担当してくださった方々を思い出してみると、男性もいたけれど、各社の数少ない女性編集者が担当してくれていた。会社側が若い女性の書き手には女性の担当者をと考えたのかもしれないし、彼女たちが私と仕事をしたいと、会社に申し出てくれたのかもしれない。

男女雇用機会均等法の施行前で、四年制大学卒の女子学生にはほとんど出版社の門戸が開かれていなかったのは、以前にも書いた。なかには新卒の女子を採用するけれど、それは短大卒のみというところもあった。仕事も編集業務ではなく事務職、それも補助的な仕事だった。いわゆる昭和の、お茶汲み、コピー取りである。その会社の人から話を聞いたところによると、彼自身は社の方針には反対していたと前置きして、

「男性社員の配偶者候補を入社させるために、試験をやっているようなものなんですよ。本人の仕事の能力よりも、外見も性格も良さそうな女性を選ぶんです。そんなことじゃ、いけないんですけどね。上のほうの頭が固くて」

といっていた。私が、

「ひどいですね。就職先として出版社に入りたいと思っている女子学生は、最初から会社で伴侶を見つけようなんて思っていないんじゃないですか。社内恋愛は自由ですけれど、男性たちが最初からそんな意識でいたらだめですよね」

と憤慨すると、彼は、

「ちなみに私の家内は同期入社です」

と小声で付け加えた。私は、

「ああ、そうですか……」

としかいえなかった。同じ会社でお互いに気に入って結婚するのは、何の問題もないけれど、まず女性社員を入社させる基準が不純だし、そのようなカップルが増えると、会社側はこの方針がうまくいっていると喜ぶはずなので、私は複雑な気持ちになったのだった。

私の担当をしてくれた女性編集者のほとんどは、最初から編集業務に携わっていたわけではなかった。不本意ながらも与えられた仕事をしつつ、上司に自分の編集をしたいという熱意を訴え続けて、やっと編集の仕事ができるようになった人が多かった。自分でやりたいと強く要望しなければ、望む仕事は与えてもらえない。希望していない仕事でも投げやりになるのではなく、きちんとこなしていたからこそ、会社のほうも彼女たちの意欲を認めたのだ。

しかし彼女たちの同僚の男性のなかには、女性社員が自分たちの仕事の領域に入りこんできたことを、快く思っていない人たちもいた。私自身は彼女たちと滞りなく仕事をしていたが、用事があって、出版社に出向いたら、顔は知っている男性編集者が走り寄っ

てきた。そして事務職から私の担当になった女性の名前をいい、

「ちゃんと仕事をやっていますか？　ミスをしていないか心配なんですけど」

などといってきた。彼は彼女の上司でも何でもない、同僚である。

(ちゃんとやってるに決まってるだろっ)

といいたくなるのをぐっとこらえ、

「ええ、ちゃんとやってくれていますよ」

と返事をすると、

「ああ、まあ、それならいいんですけど」

とちょっと落胆した様子で去って行った。

また別の会社では、女性の担当編集者に対して、上司である男性が、

「あの人はろくな仕事をしてないから」

といったこともあった。その「ろくな仕事をしていない人の相手が、私ですけど」と、いいたくなったが、そのときは、

「はあ？」

と精一杯、嫌みったらしくいい返した。すると、

「いや、群さんはいいんです」

などという。いったい何がいいんだと呆れながら、こういう上司や同僚たちがいる会社で働くのは、大変だと深く同情したのだった。

男女雇用機会均等法で、同等に入社した女性たちからも、入社後、いちいち口を挟んでくる男性の先輩がいるという話を聞いた。心配してくれているのではなく、いつも言葉の裏に、

「あんたにこの仕事ができるのか?」

という侮蔑的なニュアンスが含まれていて、編集者として当然知っていることを、さも特別なアドバイスのように、ひけらかしてくる。

それを新入社員全員にするのならまだわかるが、男性にはせずに女性だけにする。そのたびに女性たちに無視されたり、蹴散らされたりするわけなのだが、そういう人はとても鈍感なので、自分の態度を反省せず、彼女たちが入社してから一年もの間、事あるごとに絡んできた。彼がマウントを取ろうとしている女性社員よりも、本人のほうがミスが多く、仕事ができるとはいい難い。編集者の仕事はセンスの問題であり、男女は関係ないのだ。

そして女性編集者の敵はそんな男性だけではなく、女性編集者である場合も多くなった。昔は補佐的な仕事をする人以外は、ほとんど編集部に女性がいなかったので、少数

の女性相手に、マウントを取ってくるのは、同じ部署の男性ばかりだったが、職場に女性が増えるにつれて、同性からの嫌がらせもはじまった。こうなると性別というよりも、個人の性格によるものになってきたといえる。

私が原稿を書きはじめた頃だったが、ある場所で物を書いている男性たちが、当時、本が売れていた女性作家について、

「この女、編集者と寝て仕事をもらっているんだってな」

と話しているのを偶然聞いて、仰天したことがあった。世の中に名前を出して仕事をしている男性が、そんな下らない話をすることにびっくりしたのである。真偽はわからないけれども、彼女のほうが彼らよりも本が売れているからといって、そんなことを話題にするのはどうなの？　と呆れてしまった。

私の推測では、彼女を嫉んだ誰かが、そういった話を捏造して、噂話として他の人に話したことが回り回って、それが彼の耳に届いたということだろう。伝言ゲームみたいに伝わっているのなら、そのうち一人でも、真実であれ虚偽であれ、実名を出したこんな下らない話は人にいうべきではないと、口を噤む人はいなかったのだろうかと、私よりも年上の彼らが、とても情けなかった。

編集者と作家が恋愛関係になるのは問題がない。しかし性格の悪い人間は、やっかみ

半分で邪推したり、捏造したりする。女性編集者と男性作家の場合より、その逆のほうがよりリアルな噂になる。このような問題は、これから先もずっと続いていく話なのだろう。人の気持ちは昔も今もさほど変わらないのだ。

私がこれまで生きてきて、わかったのは、男性は女性が自分と同等か、それ以上になる状況に、とても敏感になる。わかりやすい例でいえば、収入や地位に関してである。つい最近の話だが、人事異動があったときに、女性が役付きになった。するとある男性が、

「どうして同期の女が、自分の上司になるんだ」

と怒っていたという。

「それはあなたよりも彼女のほうが適任だと、会社が判断したからじゃないですか」

といいたいが、彼はそれが許せなかったらしい。正直、私にはそういう男性の気持ちはわからない。賞賛する必要はないが、なぜ普通に受け止められないのだろうか。男性が上司になるのではなく、女性がなったということで、余計に怒りが倍増したのだろうか。

私自身は本が売れていることで、それまで普通に会話を交わしていた複数の男性から無視されたり嫌みをいわれたりした経験がある。別にそういう人は、「そういう人なのだ」とこちらも無視すればいいだけの話である。また編集部に女性が入ってきたときのように、自分のテリトリーを女性に侵されるのも嫌うようだ。男性の書き手が多いジャンル

で書こうとする女性は、大変だったに違いない。その逆に女性のテリトリーといわれる分野に、男性が入り込むのも難しそうだ。しかしそのなかに、少数かもしれないが、応援してくれる異性がいるのも間違いない。すべて性別など関係なく、みんな仲よくやっていけばいいのに、そうはいかないのが問題なのだ。

私の原稿は、椎名誠さんや目黒考二さんに書いてもらっているといわれたりしていたので、本人の与り知らないところで、何をいわれているかわからない。ろくでもないことをいいふらすのは、相手に対する嫉妬や、潰してやろうという魂胆があるのだろうけれど、いっているほうよりいわれている側のほうが、仕事の面での安定感があるのは事実なのである。

私が原稿を書きはじめたのは、既に随筆というジャンルはあったが、それよりも軽い感じのエッセイというジャンルが、確立された頃だった。本が出ると取材をしてくれる媒体が多く、その際に来てくださるのは、ほとんど年上の男性だった。お褒めいただくのはとてもありがたかったが、彼らの原稿に必ず書いてあるのが、私の本に対する「女性らしいしなやかな感性」という文章だった。それを目にするたびに、背中がちょっとぞぞっとなり、

「しなやかな感性って何だ？」

と首を傾げていた。辞書をひくと、しなやかは柔軟と同義語らしいので、「柔軟な感性」といわれたら、

「ああ、そうなんですかねえ」

とは思うが、この「しなやかな感性」という言葉が、私にはどうも気持ち悪くて居心地が悪かった。

しかし取材を受けたなかで、間違いなくこの文章は十回以上書かれた。送ってもらったゲラを見ながら、

（でた、また、しなやかな感性）

とため息をつきつつ、そこにはチェックをせずに返送していた。「女性らしいしなやかな感性」と書くのは男性だけで、当時の記者やライターのなかで、女性の文章を評する場合、このフレーズがはやっていたのかもしれない。さすがにおばちゃんになった今は書かれることはなくなったし、すでに死語なのだろう。

取材に来てくださる女性は、私が三十歳になるまでは、みんな年上だった。彼女たちはもちろん「しなやかな感性」などという表現はしなかった。そのかわりに、自分はこれまでこういう人の取材をしたと、著名な方の名前を出した。それはいいのだが、そういう私が、あんたのところに来てやっているという態度の人もいて困惑したこともあっ

た。妙に業界擦れしている人もいて、こういう人にはならないようにしようと肝に銘じた。

私はこれまで仕事の上で、同性にも異性にも助けられてきたし、その逆もあった。相手が誰であっても、いやなことをされたときには、それを反面教師とすれば、腹も立たないと思うようにしてきた。しかしいつの時代にも、どんな場所にも必ず存在している、底意地の悪い性格がよろしくない人たちは、本当にどうにかならないかとうんざりするのである。

むれ・ようこ（作家・随筆家）「小説新潮」2月号

窓

内田洋子

日本に一時帰国したまま足留めを食らい、出かけていくあての失くなったこの三年半、窓の前でぼんやりして過ごした。窓から見えるのは、住人の大半が高齢化した町のからっぽの駐車場や閉めっぱなしの雨戸、人が訪れない玄関ぐらいだ。

イタリア各地でニュースを探すのが仕事だったのでこれまでずっと、着いては発って、を繰り返してきた。そういうとき、大切な連れは「窓」だった。電車や自動車、駅の待合室の扉窓、食堂では窓際に座り、宿に着いたらまずカーテンを開ける。本を読んだり音楽を聴いたりするより、窓からの眺めにほっとした。

「いつも旅行ができるなんて」

と、よくうらやましがられた。でも記憶に残るのは特別な場所や行事より、移動中の窓から目にした情景であることが多い。行く先々で、メモの代わりに写真を撮ってきた。コンピューターの中に「#窓」と名付けたフォルダーがあり、過去の窓が並んでいる。

一番古いのは、イタリア半島南部から乗ったナポリ行き電車の車窓だ。辺地を縫うローカル線で、数分おきに駅に停まった。何十年も前で、当時の旅客車は、三人がけの座席が向かい合う六席分でひとつのコンパートメント個室になっていた。車内には乗客がすれ違えるかどうかの細い通路があり、ガラス扉と窓で仕切られたコンパートメント個室が通路沿いに並んでいた。扉は観音開きで、冬は閉めてもすきま風が入り、夏は冷房が故障している車両が多く、扉を開け放すと機械油の臭いや埃、人熱れでたちまち息が詰まった。

商用で利用する乗客が多い北部と異なり、南部の電車は乗客それぞれの日常を乗せて走った。個室に入り、腰を下ろし、向き合い、会釈する。各人の目的地に着くまで、六人のあいだで問われたり訊き返したりが続いた。まだ携帯電話は普及しておらず、車内の雑談は手軽な時間つぶしだった。ひざ頭を突き合わせていれば、否が応でも他の人の話も聞くことになる。長旅になると、同室の乗客たちの行き先や旅する理由はもちろんのこと、家族構成から好物まで知るようなこともしばしばだった。強い方言で内容がうまく聞き取れなくても、話しぶりで人となりは何となく知れた。小説や映画よりもずっと面白く、生きたイタリアの懐に飛び込むようで、皆の話に心が躍った。

その日、私は窓側の席にいた。向かいに座った年長の男性は、電車で通勤しているという。「数駅だけなのに、到着時刻が毎日違うのです」と、憤慨している。電車の遅延は、今に始まったことではない。イライラのはけ口に、電車を相手に謗りたいのだろう。

まもなく駅だ。線路際まで建て込む公営団地の前を走っていく。

突然、向かいの席の男性が立ち上がり、すみません、と私たちに断って勢いよく窓を下ろした。そして窓から半身を乗り出すようにして、団地に向かって、おーい、と両手を振り始めたのである。少し離れたベランダで、電車に向かって女性が同じように両手を振っている。一瞬のことだった。稚気いっぱいの二人にあてられて私のほうが照れていると、

「家に着いたら、ちょうどできたてが食べられるので」

と、その人は笑った。窓ごしの挨拶は、パスタを茹で始めて、という合図なのだった。

フォルダーの中に、丸い小さな窓の写真がある。船窓だ。窓の中は真っ黒で、どこなのかわからない。静かな夜だった。数日間、陸へ船を着けずに長い航路を進んでいるところだった。天候が急変しないうちにできるだけ先へ行こう。交替で舵を握りながら、夜通し航海を続けていた。

船内に入って仮眠を取り、ふと目が覚めて船窓から外を見た。波飛沫と潮風にあたって、いつも窓ガラスは白濁している。あれ？　夜中の窓の向こうを人が通り過ぎた、ように見えた。寝ぼけたのか、とよく見ようとしたとき、今度は人影がふたつ、船窓の中を横ぎった。空中に浮かびでもしなければ、窓には入らない情景に息が止まった。海に散った人たちの亡霊か。

驚いて息を潜めていると舵番の船乗りが下りてきて、

「もうだいじょうぶです。奴ら、海賊でした」

音もなくうちの船に横付けし、男二人が右舷から移り乗ろうとしたという。こちらが富裕族のヨットではなく密輸の取引相手でもないとわかると、まっ黒に塗った船はひとつの船灯も点けず波も立てずに、再び夜の海に消えていった。

陽を照り返す窓と闇を飲み込む窓。

地名も人の名も知れないところで、今でもまだあの窓は開いているのだろうか。

うちだ・ようこ（ジャーナリスト）　「日本経済新聞」六月十一日

亡き母の春巻き　冷凍保存の結末

千住真理子

10年ほど前の春巻きを次兄の明兄が食べた。冷凍保存してあったものだ。それは亡くなった母が最後に作った春巻きだった。油で揚げる前のものを、明兄はたびたび母からもらっていた。それを好きな時に揚げて食べていたのだ。母のがんが急変、坂道を転げ落ちるスピードで死へと向かってしまった。最後の春巻きが、明兄の冷凍庫に残された。

「これ、いつ食べようか?」。明兄の家へ行くたび、細めた目を何回もまばたきしながら私に問いかけた。もったいないからまだとっておこうよと話しながら、2年たち、3年たち、いつ食べる?という問いが切なくなっていった。

しかし、その日は突然やってきた。兄の家の冷蔵庫が壊れたのだ。冷蔵も冷凍も、常温になるまでにそんなに時間はかからなかった。冷凍ものは全てが解凍してしまい、すぐに食べるか廃棄するしかない状態になってしまった。

母の春巻き。大切に保存していたその春巻きは全部で5本、兄は決心したように腕をまくり、油で揚げ始めた。

10年ほどたつ春巻きの皮は、冷凍されていたこともあってボロボロになっていた。包んであった中の具の汁は解凍されてしまったために外ににじみ出ていた。

高温の油に兄がそっと入れるとバチバチと音を立てて中身が破裂、うわっ、ひゃーっ、と叫びながら春巻きと大格闘。そして兄は、口に入れた。初めはなめるように、そして意を決したように一口かんで味わう顔がゆっくり緩んでいく。

「おいしい…。ああ、懐かしい味がする」。目をしょぼしょぼさせながら、熱いからか懐かしいからか顔をゆがめて食べる兄—。

火を通したものを私にも分けてくれたが、私は結局、そのまま自宅へ持って帰り再び冷凍保存した。食べるわけにもいかず、捨てるなどできない母の最後の春巻き。そこには確かに母の存在が漂う。

さて翌日のこと、突然の電話で39度の発熱を告げる兄。新型コロナウイルス感染かインフルエンザかと大騒ぎになって、発熱外来へ飛び込んだ。

病院で検査の結果、新型コロナでもなく、インフルエンザでもない、これは食あたりだと判明した。熱もすぐに治まり日常の生活へ戻った明兄は、とても幸せそうに笑っていた。

せんじゅ・まりこ（バイオリニスト）「西日本新聞」二月十六日・夕刊

生家解体

南木佳士

信州の田舎町で静かに暮らし、70歳を過ぎてふと気づいてみると、おなじ病院で働いていた先輩医師たちはほとんど逝去しておられる。国際学会出席中の心臓発作による急逝、進行の速い癌(がん)、長い闘病の末の肺炎や認知症の果ての老衰。

大いに嫌われ、ちょっと好かれ、人の生死に深く介入する医業の現場でむき出しの感情をやり取りした先輩医師たち。ときに想い起こす彼らの面影は一様に笑顔で、次はおまえの番で死に方は選べんぞ、とおっしゃる。

そういう大事を教わったからには、元気なうちに身辺整理に取りかからねばならない。

まずは廃屋になって久しい群馬の山村の生家を解体することにした。むかしは茶色い土壁だったが、いつからかその表面を新建材でおおい、トタン屋根をふき替えただけの築100年近い小さな2階屋で、古民家の風情は皆無だ。

山の斜面を削って確保した2段の狭い土地にブロック壁で支えられたコンクリの小さな庭が張り出す。端から風化で崩れ、錆びた鉄筋が露出し、いつ全壊してもおかしくない状態だ。台風が来るたび、この廃屋の屋根のトタンが吹き飛んだり、コンクリが崩れて下の村道を塞いだりしないか心配になった。

地元の業者に見積もりを依頼すると、階段状の狭い土地で重機を入れられないゆえ高くなってしまう、と予想の倍の金額を提示された。驚きはしたが、いま決めねばとの想いが勝り、家財道具いっさいの処分も含めた契約での解体を決めた。

この家ではまず祖父が、次いで母、祖母、父の順に他界した。

廃線ファンのあいだで人気のある草軽電鉄の運転士兼技士だった祖父の死は生まれる前だったので知らないが、彼の次女で小学校の教師をしていた母の最期の日々もまったく覚えていない。3歳になっていたのだから記憶がなければおかしいのに、あまりに辛い出来事だったから脳の奥のほうに無理やり押し込めてしまったのだろうか。

解体前に仏壇の位牌などを運び出したが、押し入れの奥に初めて目にする母の尋常高等小学校時代の通知表があった。

尋常科の6年から高等科の2年まで体操、修身、操行を含めてすべての科目の評価が甲だった。

村から女子師範学校に進学できる生徒は数年に一人だった、と祖母に聞かされてはいたが、こんな優等生の母に育てられていたら我儘(わがまま)なこの身はどうなったのだろう。

母はおのれの内で不在という領域に棲(す)んでおり、ときの都合でそこは拡大、縮小してきた。生身の母が現存したらそんな勝手は許されない。「わたし」は母のない子そのもので、人生の前半はその悲哀を、後半は自由を存分に味わって生き、死んでゆくのだな、と消滅直前の生家の屋根の下、身の芯で納得した。

医者になって4年目に育ての親だった祖母を居間の奥の寒い部屋で看取り、震える手で死亡診断書を書いた。

朝、顔を洗いに行った風呂場で倒れすでに息をしていない、との電話連絡を信州の家で受け、病院に寄って持参した白衣を着、やせ衰えた胸に聴診器をあてて心音の停止を確かめたら急に大量の涙が湧き、今後、どんな人物の死を前にしてもこれほど悲しくはないだろう、と確信しつつ泣いた。

その後、8年間寝たきりだった父が死に、付き添っていた元看護師の義母は外房のケア付きマンションに入り、数年前に他界した。彼女の面倒をみた姉も癌で逝った。

3週間ほどで解体作業は終了し、業者から確認を求められて帰省してみると、家のあった場所には頑丈な石垣を備えた2段のそっけない更地があるばかりだった。

多くの出来事の舞台になった生家はこんなにも狭い土地に建っていたのだな、とつとめて冷静に受け止めてみれば、様々な物語は乾いた土にひっそり還ってゆく。

見慣れた風景の急変を了解する作業に戸惑い、一段降りた処に遺（のこ）った井戸の脇にしゃがみこんだ。浅い地下に湧く水が鉄管で導かれ、石垣の中段から苔むすコンクリの水槽に落ちる。槽の下段では祖母が鎌を研ぎ、大根を洗っていたものだったが、いまはその幻影すらない。

ここに暮らしただれもが聴いたはずの軽やかな水音がからだの中を通り抜け、身にこびりついている物語の断片を内からきれいに洗い流してゆく。この流れに身をあずければ行き着く先はすぐそこにありそうで心身ともすこぶる安楽になり、眠くなって上体がゆらいだ。あわてて立ちあがったが、腰の力が抜けており、声を出して二、三度四股を踏まねば歩き出せなかった。

なぎ・けいし（作家・医師）「日本経済新聞」六月二十五日

手の記憶

高柳聡子

　地方の高齢者施設にいる身内が入院したと連絡がきたのは三月初旬のことだった。心の準備をして駆けつけたが、幸い、意識も戻り話もできるほどになっていた。それでももう口から物を食べることもできず、看取りの時期なのだという。とはいえ、夏の暑さが訪れた今もまだ「最期の時間」は続いている。

　何の役に立つわけでもないけれど、わずかな時間でも気が紛れるならと、ときどき面会に通っている。バスを降りて高台にある窓を見上げると、カーテンが呼吸するように小さく揺れている日もあれば、熟睡しているかのように固く閉ざされている日もある。寝たきりの人は、声をかけても何も反応しないこともある。目覚めていても、じっと天井を見つめていたり、うつらうつらしたりする中で、不意にそばにいる者のことを思い出し、気を遣うように話し始めてくれる。そのお喋りは、回想だったり、ふと浮かんだ用事のようだったり、とりとめなく響くけれど、それもまたこちらの理屈であって、本人の中にはなにかしらの物語があるのだろう。記憶と夢と妄想と現実とのあわいで紡がれる話に相槌をうちながら、理解できぬことにどう反応すべきかと戸惑う。しかし、そもそも理解などしなくてていいのだ——そう気づくまで少し時間がかかった。今では、一時間ほどの面会の半分以上は黙ってそばに座っているだけだ。その人は私の顔をじっと見ていることもあれば、抱いているぬいぐるみに視線を向けることもある。誰かを探しているかのようにゆっくりと首を回すこともある。先日はその合間に、「あなたのお母さんは心臓が弱かったの?」と問うてきた。「十代の頃から心臓が悪かったみたい」と返すと、悲しそうな顔をして「私の心臓はずいぶんと強いんだね」とため息をついた。

一時間に三本しかないバスの時間がきて、じゃあそろそろ帰るね、また来るね、また会おうねと声をかけると、痩せた手をゆっくりと伸ばしてくれる。その手に触れるとひんやりとしている。「手が冷たいね」と呟くと、「今日は少し寒いだろ」と言う。「そうか、少し寒いかもね」と答えながら、次のバスに乗ることにしてまた腰を下ろし、その手をしばらく温めてみる。面会を終えてバス通りへ出ると、外は暑い。バスを待ちながら、その人の窓を見上げる。いつも冷たい手は、今は布団の中にしまわれて、また眠りの世界へ戻るところだろうか。植物を育てるのが得意で、針仕事や絵手紙が好きで、いつもせっせと動いていた細い手を思う。

二十年以上も前に亡くなった私の母は、長らく心臓を患っていた。発作が起きると苦しそうにもがくその背中を、私の手は何年もさすった。最後の発作から旅立つまでのひと月、泣きながらそばにいる私が、透明感のある蠟人形のような肌に変化したその手を握ると、偶然なのかどうかはわからないが、こちらの手を握り返そうとするようにかすかに指が曲がるのを感じた。看護師さんが「わかっているみたいよ」とやさしい言葉をくれた。母の体が消えたとき、私の手は、さする背中を、触れる指を求めてやまず、自分の右手を左手で握りしめて鎮めながら、別離の喪失感がこんなにも身体的で局所的なものだと知ったのだった。

親戚の面会に通い始めてから、そんな記憶が次々に蘇ってきた。母の手は美しく、きれいに伸ばした爪にいつもマニキュアを塗り、器用に手芸などをしていた。それに引き換え私は、いわゆる「手仕事」と呼ばれるものが苦手なうえに、いくつになっても子どものように小さな手をしている。

それは幼い日に、公園の砂場で大好きな友だちと砂山をこしらえた手だ。

私には隣家に住む同い年の幼なじみがいて、いつも一緒だった。手をつなぎ、喧嘩をして手を放し、仲直りをし、指切りをした。私たちの家の近くにあった公園は、今では、おもちゃのような小さな滑り台と低い鉄棒があるだけになってしまったが、当時は回転型のジャングルジムがあり、ときには紙芝居やポンポン菓子のおじさんがやってきて、楽しくにぎやかな空間だった。

砂場では、砂のおにぎりをこしらえたり、砂のプリンを作ったり、大きな砂山を作ったりした。砂山は、ほどよい湿気が砂に含まれていなければならないから、いつでも作れるわけではない。今日はいい山ができそうだと子どもながらに判断した日は、二人でせっせと砂を盛り上げる。小さな子どもの手が砂を掬っては落とし、手のひらで叩いて固める。また掬う、落とす、叩く。「このくらいにする?」「このくらいにしよっか」と決めて、山頂を形作ると大きな美しい円錐が現れる。そうしたら山を挟んで向かい合い、双方からトンネルを掘り始める。照りつける陽射しの下でも、トンネルの中はひんやりと心地よい。崩れぬように用心しながら、小さな二つの手がゆっくりと少しずつ前へ進んでいく。肘まですっぽりとトンネルに隠れてしまう頃、砂の冷たさに慣れた私の手が不意に友だちの手と出会う。貫通だ! 砂のトンネルのなかで指をつないではしゃぎながら二人で笑うのだった。

私の手は、おそらく今もこのときのままだ。母の背をさすっていたのも、寝たきりの人の痩せた手をいま温めているのも、あの日、友だちの指がくれた生の感覚を保ちつづけるこの小さな手なのだと気づく。パソコンを叩く手を止めて、ずっと好きになれずにいた自分の手をじっと見てみる、やさしくできることをみんなが教えてくれた手を。

たかやなぎ・さとこ（ロシア文学者）「群像」9月号

雨のカーテンの中で

中井治郎

旅に出られなかった日々のあいだによく思い出したのは、雨の午後のことだった。雨季の東南アジアの街角で出会うスコールは、こちらの都合などお構いなしにいつでも特別な時間を作り出してくれた。

ぽつりぽつりと落ちてきたと思ったら、あっという間に人の声もかき消すほどの轟々たる雨音となる。人々は大急ぎで手近な屋根の下へと逃げ込み、目眩（めまい）がするほどだった雑踏の人いきれは一瞬にして洗い流される。水煙が厚く立ち込め人影の消えた通りを、時折、逃げ遅れたバイクタクシーが走り去っていく。カモを待ち構えていた色鮮やかなトゥクトゥクたちも道の端に身を寄せ合ってじっと雨に打たれている。

慌てて飛び込んだカフェでとりあえず飲み物を注文するが、べつに喉が渇いていたわけではない。冷えたグラスに浮き出る水滴の向こうに、ただぼんやり大粒の雨が打ちつける通りを眺めることになる。ふと店内を見回すと、旅行者もビジネスマンも住民もウェイターも、みんなあきらめたような顔でただぼんやり通りを眺めている。

　こんなふうにスコールの降る街では、それまで別々の時間を生きていた人たちが、そのひとときだけ同じ時間を共有することになる。偶然その場に居合わせた人たちとともに、雨のカーテンに包まれて守られているような不思議な時間だ。

　たとえばシャワーを浴びている最中に仕事のアイデアがふと浮かぶことがある。あのような現象は、身体的な刺激に意識が振り向くことで、いつも頭の中を占めている日々の煩（わずら）い事から解放されるからだと聞いたことがある。スコールは雑踏の通りだけでなく、それを眺める自分の中身も洗い流していちど空っぽにしてくれるのだろう。

　それにしても、水煙ですべてが色あせた影のように見えるからだろうか。ノイズをかき消す雨音に包まれて眺める世界は、どこか音のない夢を見ているようでもある。自分の日々の暮らしも、また自分がここにいることも、すべてが遠くて透明なひとごとのように感じられて心が軽く穏やかになる。

　慣れた土地から遠く離れた心細さのまま、雨のカーテンに閉じ込められる時間。旅に出られない日々で思い出していたのは、そんな異国で出会うスコールの時間だった。

　漂泊の詩人・金子光晴。彼は自分の人生はいつもオアシスではなくスコールを待ちわびるものであったと言った。それが去ったあとには、晴れ渡る空の下、なにもかもが洗い直されて新しくなるからだという。

そういえば僕も日々の暮らしがどこか古ぼけてきたなと思っていた。自分がもう何年も異国への旅に出ていないからかもしれない。僕もこれまでスコールに出会うたび、あの優しい時間のなかで静かに生まれ変わっていたのだろう。

もう、雨はあがっただろうか。虹はどの空にかかっているだろう。あの懐かしい通りにはやはり水たまりがきらきらと光っているのだろうか。そろそろ新しい旅行鞄を買ってみよう。

なかい・じろう（社会学者）　「ひととき」2月号

下げて上がる 一言マジック

俵 万智

先日、インタビュアーを務めているテレビのロケで大分の竹田市へ行ったときのこと。仲良しのヘアメイクさんと私は、ちょっといい宿、プロデューサーは節約して近くの庶民的な宿、というのが恒例だ。荷物を宿に置いて集合すると、プロデューサーが浮かない顔をしている。

「チェックインのとき、ウチの朝ご飯は粗食です！ってキッパリ宣言されたんだよね」

安宿とはいえ、それは珍しい歓迎の（？）挨拶（あいさつ）だ。

「なんでしょう、雑炊一杯とか？」「おにぎりに梅干し一個」「乾パンだったりして」「さすがに非常食は非常識ｗｗｗ」

他人事（ひとごと）なのをいいことに、盛り上がるメイクさんと私。翌朝、ちょっとワクワクしてメニューを聞いてみた。

「いや、それがですね……」と声をひそめるプロデューサー。「ご飯の隣に、ゆで卵があったんですよ」「おお〜、意外と豪華じゃん」「そのうえ、パックのヨーグルトとオレンジジュースが付いてました！」「すごい、たんぱく質にビタミン。バランスとれてる！」

いい意味で期待外れだったねということになったのだが、いや、でも、ちょっと待て。「ご飯、ゆで卵、ヨーグルト、オレンジジュース、以上」。これ、何も言われずに出てきたら、結構な立腹メニューではなかろうか。

「粗食」というパワーワードで、思いきり期待値を下げられていたからこそ「覚悟してたのより、ずっといい」という気分になったのである。前日からの暗示により、朝から不愉快な思いをせずにすんだと思えば、なかなかの言葉のマジックだ。やるじゃないか、フロントの人。

言葉ひとつのマジックと言えば、最近クリーニング屋さんでも、こんなことがあった。「引き取り日から二日以内なら、スタンプが通常の二倍」と聞いていたので、雨の中がんばって取りに行った。ところが、特にスタンプがサービスされる気配がない。

「えっと、二倍じゃなかったでしたっけ？」「あー引き取り日も含めて二日っていう意味なんですよ」

私は単純に日にちに2を足していたので、一日遅かった。よくよく考えれば「○○以内」なら「○○」も含むので、こちらの思い違いである。しかし、店員さんはニッコリ。「私どもの説明が至らなかった点もあるかもしれませんので」と言って、ポンポンと追加でスタンプを押してくれたのである。

今思うと、どんだけガッカリした顔をしたのか（そして、押してもらってどんだけ嬉しそうだったか）と恥ずかしくなる。昔からポイントとかスタンプとかを貯めるのが大好きなのだ。

スタンプの喜びもさることながら、店員さんの咄嗟の言葉選びが素晴らしいなと思った。客の早とちりに対して「こちらの説明が至らなかったかも」とは、なんと温かい言い方だろうか。むやみな卑下ではなく、相手を最大限に気遣う落としどころとでも言おうか。もう、一生この店にクリーニングを任せようというくらいの気持ちになってしまった。

「粗食です！」「説明が……」ほんの一言添えられるだけで、世界の色合いが変わって見える。どちらも、軽く自分の側を下げているが、なんでもかんでも「すみません」と謝ってしまうのとは訳が違う。ささやかにして偉大な言葉の不思議を感じるできごとだった。言葉はタダだけど、使い方次第で、心に豊かさを運んでくれる。

優しさにひとつ気がつく　×でなく○で必ず終わる日本語

たわら・まち（歌人）　「朝日新聞」八月九日

ペンバのこと

石川直樹

「登山の仕事を長く続けるつもりはない。ナオキサンと14座を登り終えたら、登山の仕事はやめる。そうしたら、日本に行って働きたいんだ。どうにか仕事を紹介してくれないか」

ペンバは、そんなことをぼくに尋ねてきた。14座というのは、世界に14しかない標高8000メートル以上の山のことである。彼はネパールのヒマラヤ山麓・ターメ地方出身、31歳のひょろっとした人懐っこいシェルパで、ぼくは彼と共に数多くの8000メートル峰に登ってきた。

冒頭のような会話は一度だけではなかった。長い上りが続く退屈な緩斜面などで、他愛もない将来の話をぼくたちは幾度も交わしてきた。こうしたペンバの問いかけに応じて、ぼくは日本でシェルパが働ける場所を探していた。実際にシェルパたちが働いている富士山や北アルプスの山小屋の現状を調べて給料のおおよその額も伝えたし、各地のインド料理屋の多くでネパール人が働いていることも教えた。働き口を見つけるためには日本語が話せないと難しいよ、とも。

ペンバはヒマラヤの高峰で抜群の強さと安定感を誇っていたから、登山ガイドという仕事は彼にとって天職ではないか、とぼくはずっと思っていた。しかし、同時にこの仕事は40歳代や50歳代になっても続けられるものではないことも知っている。続けていれば、いつか雪崩や落石で死ぬか、ペンバと同じように強くて若いシェルパに取って代わられる。賢い彼が、ヒマラヤの登山ガイドを辞めた後の将来について案ずるのは当然だと思ったし、山で何度も助けられてきたぼくにとって、彼のために日本での仕事を探すことは、自分ができる数少ない恩返しのひとつではないか、とも思っていた。

そうした矢先、ペンバがエベレストで亡くなった。2023年4月12日のことだった。ペンバはエベレストにいて、ぼくはアンナプルナの頂を目指して登攀中だった。ペンバの訃報に接したのは、アンナプルナの第二キャンプ（標高5500メートル）のテントの中である。

夜、リーダーのミンマが、ぼくのいるテントまでやってきて、神妙な面持ちでその報せを告げた。最初は何かの間違いだと思った。ペンバはエベレストにすでに7回も登頂している。ペンバでなくても、シェルパにとって、今やエベレストに登ることはさして難しいことではない。シェルパは生まれた日の曜日で名前が決まるので、ペンバという名前のシェルパは無数にいる。だから、自分が遠征を共にしてきたターメ地方出身のペンバ・テンジンではなく違うペンバだろう、とまず思った。

だからこそ、ミンマに何度も確認したのだが、間違いなく自分の知っているペンバであるらしいことがわかった。ペンバと同じ村出身の若いシェルパ二人とともに、エベレストのクンブー・アイスフォールを越えて荷揚げをしている際、巨大なセラック（氷柱）が崩壊して、その下敷きになった、と。二人の若いシェルパは遠征経験が浅く、ペンバは彼らをサポートするために共に行動していた、とも聞いた。

事故のあったクンブー・アイスフォールはネパール側からエベレストに登る過程で最初に出くわす難所で、クレバスだらけの迷路のような懸垂氷河である。そのなかを、登山者は梯子などを使って慎重に抜け出なくてはならない。過去にここで何度もシェルパが亡くなっており、ペンバもその危険性について十二分に理解していたはずだ。「ロケットペンバ」と仲間たちから言われるくらい強くて技術もあるペンバがアイスフォールで亡くなったというのなら、それは不注意などではなく、避けようのない天災だったというほかない。

ペンバと最後にやりとりをしたのは4月3日、彼が亡くなる9日前のことだった。フェイスブックのメッセンジャーからアンナプルナ遠征の様子を尋ねてきたので、ぼくは雪崩などで苦戦している旨を伝えた。彼は「これからカナダ人のクライアントとアマダブラムに登る」と言い（なのに、なぜエベレストに行ったのかが、よくわからない）、ぼくは「Good luck to you!」と返して、彼はそれに親指を立てた特大の〝いいねマーク〟を送ってきて、やりとりは終わった。

ぼくはペンバと一緒にアンナプルナに登りたかったが、彼はすでに昨春に登頂していたので、直前で予定を変更し、来なかった。それがリーダーであるミンマの采配なのか、ペンバ自身の決断なのか定かでないのだが、彼はとにかくアンナプルナではなく、エベレストに行ってしまった。正直、なぜ自分と一緒にアンナプルナに来なかったのか、と今でも思う。幸運は願っても祈っても、それゆえにやってくる類のものではない。「幸運を祈る」という空虚で意味のない別れ際の挨拶を、ぼくは今後二度と使うことはないだろう。

ペンバには妻子がいた。日本で働くことについて話していた時、「家族の入国ビザも一緒にとりたい。妻もどこかで働けたらいいんだけど」と言っていたのを思い出す。子どもは6歳で、まだ小さい。山頂から下山する際、電波がわずかに繋がるところまでくると、彼はいつでも家族に電話をしていた。

　ペンバとカンチェンジュンガに登った際、彼は標高7400メートルの最終キャンプの入口でお香を焚いて、祈っていた。一グラムでもザックの中身を軽くすべきサミットプッシュにおいて、最終キャンプにまでお香を持ってきて祈るシェルパはめずらしい。他のシェルパたちと同様、彼はチベット仏教のお守りであるペンダントのような小袋を常に首からぶら下げていたし、窮屈なテント内で眠る前にごにょごにょと祈りの言葉も唱えていた。なのに、彼は命を落とした。祈りとは、なんなのか。なぜ彼は命を落とさなくてはならなかったのだろうか。

　アンナプルナでペンバの訃報に触れた晩、ぼくは彼の屈託のない笑顔を思い出し、寝袋を頭までかぶって泣いた。涙が止まらなかった。ぼくにはたくさんの知り合いがいるけれど、〝友人〟と心から呼べる人間は決して多くない。肉体的にも精神的にもギリギリの局面を何度も一緒に乗り越えてきたペンバは、ぼくにとってかけがえのない友人であり、仲間だと思っていた。だからこそ、本当に悔しい。

　彼の登頂写真はぼくが撮り、ぼくの登頂写真は彼が撮っている。いつか彼の村を訪れ、今まで撮影してきたペンバの写真を家族に渡そうと思っている。そして、彼がどれだけ勇敢で頼りがいのある男だったか、自分の言葉で家族に伝えたい。アマダブラム、ダウラギリ、カンチェンジュンガ、K2、ブロードピーク、マナスル…、これらの山に登りながら、暗闇の中で何度も「ナオキサン！」と呼んでくれた彼の声がしっかりと耳に残っている。遺体はまだ見つかっていないのだが、どうか安らかに眠ってほしい。親愛なるペンバよ、今までありがとう。

いしかわ・なおき（写真家・作家）「新潮」7月号

あのひとはだれ

西川美和

夏がくれば思い出す、小五の林間学校。キャンプファイヤーに備えて、私たちはひと月前から定番曲の暗唱に勤しんでいた。『遠き山に日は落ちて』『若者たち』『燃えろよ燃えろ』……班ごとに壇上に上がらされ、途中でつっかえれば、体育館の周りをぐるぐる走らされ、再び壇上へ。楽しいキャンプファイヤーを迎えるためにさえ、血の出るようなプロセスを踏まずにはいられない、暮れゆく昭和にしがみつくような時間を教師も子供もすごしていた。

題名を聞けば全員がフルコーラスを機械的に歌える態勢で迎えた当日の午後。なぜか宿舎の食堂に、フォークギターを抱え、バンダナを巻いた薄いサングラスの男が現れた。

「今日のキャンプファイヤーは、〇〇小から来てくださったモトハシ先生にお世話になります」

と、特訓を仕切っていた男性教師はそのフォーキーな男を紹介した。

「イエーーイ！　みんな、こんにちは！　林間学校エンジョイしてるか〜？（♪ジャカジャカジャカジャカジャカジャーン）」

「……」

状況がよくわからなかった。「誰かにお世話になる」なんて聞いていなかったからだ。

「おーい、昼飯食ったか？　それとも昼寝中か？　そんなのでキャンプファイヤーできんのかよ。もう一回、こんにちは！」

「こんにちは……」

「腹から声出して、もういっちょ！」

「こんにちは！」

「オーケーそう来なくっちゃ！　みんな、今日のキャンプファイヤーの目的は何だ？」

「……」

「目的もわからずにやるのかよ！　いいか、今日の目的は、全力で楽しむことだ。た・の・し・む・こ・と！　そのためにはどうしたらいいと思う？」

「歌を、歌います……」

「歌って、おぼえてきた歌？　お前たちそれ、今すぐ全部忘れろ！」

ギョッとした。全員が特訓教師の顔を盗み見た。しかし説明もないままキャンプファイヤーの実権を明け渡した彼は、無抵抗にしんねりと隅で下を向いていた。

「みんな、キャンプファイヤーを盛り上げる一番の方法を知りたくないか？　それは、替え歌だ！（ジャカジャーン）」

「……」

そして男は、ギターをかき鳴らし、自作のギャグソングを披露した。何の曲だったか記憶はないが、バカバカしくてちょっと下品でしつこい繰り返しに、小学生はまんまとツボを突かれるかたちになった。

「はい拍手〜！　お前たち、人が歌ったら拍手だよ。さあ、これからまだ三時間ある。各班で替え歌を考えて、誰が一番バカウケするか競うんだ。あとは俺に任せろ。ちなみに俺のことはモッちゃんって呼んでくれ。先生って呼んだらデコピンだからな」

なんだか時空が捻じ曲がる気分だった。

いろんなものが不可解だったが、教師は沈黙して全てを委ねた様子だし、私たちは新体制に順応するよりほかないようだった。何より「モッちゃん」の毒舌と無礼講には子供を魅了する強い刺激があり、早くもシンパのような顔つきになっている男子生徒もいた。

井桁に組まれた薪は高く火柱を立てた。火と闇のコントラストと熱風の中、私たちはモッちゃんに導かれ、熱狂の時間を過ごした。覚えてきた辛気臭い歌は全て忘れ、聖子ちゃんやトシちゃんやアニメソングの替え歌を披露してふざけ倒し、酒が回ったように笑い転げた。

やがて櫓は燃え尽き、残り火が地面を寂しく照らすのみとなった頃、モッちゃんは「みんな、そのまま地面に寝そべろう」と静かに言った。しかし子供たちの興奮は収まらず、小突き合い、どけよ、痛え、足が当たる、汚えよ、とふざけていると、モッちゃんが突然爆発した。

「お前たち、友達の足が汚いのか！」

あまりの変調に、子供たちは身をすくめて沈黙した。そしてモッちゃんは、激しい怒気と哀切さを駆使して、「友達をみくびるなよ。バカにするなよ。お前たち、今ここでしか会えなかった人間関係なんだぞ」という論調からしみじみと友情の大切さを説いた。さっきまで騒ぎ散らしていた女子がぐずぐずと鼻を鳴らし、しゃくりあげて泣いていた。モッちゃんは、たしかに「いいこと」を言っていたのだが、なぜか私は、モゾモゾ、ジワジワ、脳みその中が痒かった。

『若者たち』を暗唱するにせよ、替え歌で踊り狂うにせよ、私たちは言われるがまま、ただ夢中でやった。けれど違和感がまるでなかったわけではない。「なんか変」とうっすら思いながら、自分ではどうするべきとも判断がつかず、子供は大人の導く方向に従い、気づけばぐるぐる走り続けたり、感激して泣いたりもするのだろう。子供という存在は度し難く、集団にもなると大人は扱いに四苦八苦するだろうが、わかりやすいシナリオやメソッドの中に取り込んで、彼らの思考力や感受性をほしいままにするのは、罪深いようにも思う。

キャンプファイヤーの思い出から連想するのも妙だが、八月は先の戦争のことを考える機会の多くなる時期で、たくさんの子供たちが異様なことに巻き込まれ、また本人たちなりに信念を持ち、熱狂したというから、ついそんなことも思ってしまう。

翌朝、モッちゃんの姿はなかった。子供たちはかつてないほどの狂乱と感動を体験したわりに、一夜明けて「モッちゃん」のことを話題にするけはいもなく、先生がいつも通りの号令をかけ、私たちもいつも通り、友達と小突き合いながら帰路に就いた。どこかの小学校の教諭だといっていたが、あれほどの構成のショーを思えば、幾多の林間学校からお呼びのかかるプロ・キャンプファイヤリスト（?）だったのではないか。モッちゃん、忘れ得ぬ人。

にしかわ・みわ（映画監督）　「文藝春秋」10月号

追悼 大江健三郎❖

寄り添ってくれる感覚

中村文則

大江健三郎さんの作品を読んだのは、大学1年の頃、『個人的な体験』が最初だった。当時、表面的には明るくしていたけど、鬱々とした内面を抱えていた。閉ざされた自分という「個」の中で憂鬱が重くなり、窒息していくような精神の状態。漠然と、タイトルの「個人的」という言葉に惹かれたのだと思う。

その名の通り、著者の体験が書かれているのかと思ったが、それだけではなく、他者と共有し難い個人的な体験をするとはどういうことなのか、が描かれていた。そのような個人的な体験から回復するには、一体どうすればいいのかと。

主人公と抱える悩みは違ったが、共感より遥かに強い、共振する感覚を覚えた。内面に暗部を抱え、時によくない方へ落ちそうになりながらも、回復を目指す主人公に自分を重ねた。それ以来、ずっと作品を読み続けてきた。自分に、寄り添ってくれるような文学だった。

大江さんの突然の訃報を聞いた時、僕は呆然としてしまい、ほとんど何も考えられなかった。そのような状態のまま、求められるままに、電話で追悼のコメントを出したり、追悼文の執筆依頼を受けたりしていた。実を言うと、あまり覚えていない。覚えているのは、僕が大江さんから大江健三郎賞を頂いた時のことを聞かれ、「何かとしんどかった自分の人生まで、認めてもらえたように感じました」と答えた時、激しく涙が込み上げたことだった。経験上、こういう時は、本当は泣いた方がいい。でも電話の相手が困惑すると思い、堪えた。いま僕は、感情が詰まった状態のまま、この原稿を書いている。

大江健三郎賞とは、大江さんが一人でお選びになる賞で、全8回行われた。僕は第4回に『掏摸』という小説で受賞させていただいた。受賞作は英語、仏語、独語のどれかに翻訳される。後輩の作家たちに、海外への道を開くことを大江さんが意図し、設立されたものだった。文学界全体を考える人だった。

長くなるので詳細は省くが、当時、僕は作家としてまずい状況にあった。理不尽な批評に囲まれ、ノイローゼになり、作品を発表することに苦痛を感じるようになっていた。実は精神を病んだ。

そのような時に、大江賞受賞の知らせを受けた。学生時代から仰ぎ見続け、尊敬し続けてきた人が、僕の作品を読み、評価をくださっている。あまりの衝撃で、苦痛がほどかれていた。

大江賞は、頂くと、観客を前にした大江さんとの公開対談がある。その直前の控室で初めてお会いした。とても人に気を使う、ユーモア溢れる人だった。「僕がこう質問したら、中村さんはそこで笑いを取ってください」と無茶な要求もされ、驚いた（無事、笑いは取った）。僕は読者として救われ、作家としても救われたことになる。受賞して英訳された『掏摸』は多言語に広がり他の作品も翻訳されるようになり、ずっと目標だった、自分の小説が世界に広がることの、きっかけまで与えてくださった。なんという大恩人だろう。

人はいつか亡くなる。88歳という年齢を考えれば、大往生と言ってもいいのかもしれない。でも悲しいものは、悲しいのだ。僕は今、とても悲しい。文字を打つ指が、時々言うことを聞かない。辛くて仕方がない。

大江さんは亡くなったが、その作品は永遠に残る。未読な方は、短編集で入りやすいので、『死者の奢り・飼育』から読まれてもいいかもしれない。大江さんの作品は今後も僕の宝であり続ける。でもこの喪失感を、いま僕はどうすることもできない。ありがとうございましたと、思い続けることしかできない。

なかむら・ふみのり（作家）「毎日新聞」三月二十二日・夕刊

永久保存

北大路公子

もうずいぶん前のことだ。携帯電話ショップで、泣いている女性を見かけたことがある。彼女は声を詰まらせながら、メールを永久保存する方法はないだろうかと尋ねていた。

「亡くなった母のものなんです」

思いがけない彼女の言葉は私の胸をつき、と同時に実をいえば少し感心もした。この方のお母さんはメールを使いこなしていたのか、という驚きである。

当時の私は、携帯電話を買ったばかりの母との攻防に疲れ果てていた。攻防というか、正確には操作指南である。いわゆる「ガラケー」のちまちました使い勝手が苦手だったのか、とにかく操作を覚えてくれないのだ。説明書を読んでやってもダメ。紙にわかりやすく書き出してもダメ。やってみせ、言って聞かせて、させてみて、ほめてやっても全然ダメ。山本五十六(いそろく)もびっくりである。

「押してないのに勝手に押ささった（北海道弁）！」

「写真、撮ってないのにひとりでに撮らさった！」

とキレ気味に訴えては、「心霊現象かよ！」と、同じく半ギレの私と険悪になる。結局、メールは諦めて「運気の良い日には奇跡的に電話が繋がるでしょう」という、占いめいた線に落ち着くまで数カ月かかった。

その母がスマホを購入したのが、去年の春である。また親子関係が険悪になるかと怯えたが、ガラケーより画面が大きくて操作性が高いせいか、通話だけならさほど苦労はなく覚えたようだ。ただ、実際に使いこなしているのを知ったのは、冬のはじめに母が入院してからのことである。

入院は当初の予定よりずいぶん長引いた。コロナの影響で面会は許されず、母はよく電話をかけてきた。たいした話はしていない。入院生活のちょっとした愚痴や、差し入れの要望なんかだ。ある時、スマホの操作を褒めると、

「そうかい？」

と照れたように笑った。最後の電話は今年の年明けの再入院時で、新しい治療が始まったことを明るい口調で報告してくれた。

今、私のスマホには、母からの二件の留守電が残っている。一件はスマホを購入して

すぐの練習を兼ねたもので、飼い猫の話が録音されている。もう一件は入院中のものだ。着信に気づかなかった私に、「姉ちゃん？」と母は呼びかけていた。

「なしたの？　具合でも悪いの？　電話出ないから心配だよ。大丈夫かい？」

母が亡くなったのは、それから半月ほど後である。葬儀を終えた今、「もうすぐ死んじゃう人に心配されてるよ」と妹と泣き笑いしつつ、この声をどこかに保存できないかと考えている。あの携帯電話ショップの女性は、メールを永久保存できただろうか。


きたおおじ・きみこ（エッセイスト）「暮しの手帖」25

追悼 大江健三郎❖

ある寒い季節に、あなたは戸外で遥か遠くの何かをじっと見すえておられた

蓮實重彦

一つの時代が終わった、とつくづく思わずにはいられない。子供心にも戦前のこの国を多少とも知っており、「戦後は終った」といわれた1960年代にあなたがその才能を遺憾なく発揮された途方もない世代の終焉である。その時代をともに生きていられたことを、この上なく幸運なことだったといまは自分にいい聞かせることしかできない。わたくしたちは、中国大陸への理不尽な軍事侵攻が活況を呈しはじめたころ、そんな事態はまったくあずかり知らぬまま、侵攻しつつあるこのちっぽけな島国に、みずから責任はとりがたいかたちで生をうけた。早生まれのあなたとわたくしとは、年齢では一歳違う。学年で言うと二年の差があるが、ほぼ同時代人といってよかろうかと思う。

とはいえ、あなたが四国の鬱蒼とした森に囲まれた山岳地帯で過ごされたほぼ同時の幼少年期の体験のあれこれは、あなたの作品をいくら仔細に読んでみても、東京生まれ

のわたくしには、まるで異国のできごとであるかのように、鮮明なイメージにおさまることのないもどかしさをそのつど憶えずにはいられなかった。何が書かれているかは、わかるといえばわかる。だが、なぜそのことがそのように書かれねばならぬのかはにわかに想像しがたい。その想像しがたいことがらをいかに想像するかという厄介かつ至難な体験へと、あなたはわたくしをそのつど導き入れて途方に暮れさせた。だから、あなたが何を考えておられるのかではなく、どんな言葉——数字を含めた文字記号——を具体的にどのように書き綴っておられるかという一点に絞って、あなたをめぐる一冊の書物を書いてしまった。勿論、その本へのあなたの反応を知ることもなかったし、また、あえて知りたいとも思わなかった。もっぱら、自分自身の想像力の限界を究めるために書いたものだったからである。

あなたとわたくしとをかろうじて結びつけているものがあるとするなら、ほぼ同じ時期に、東京のまったく同じ大学のまったく同じ学科に籍を置いていたという一点につきている。しかし、すでに芥川賞を受賞されて有名作家となっておられたあなたが、受講のために教室——渡邊一夫教授の十六世紀文学の講義にさえ——に姿を見せられることはなかった。ただ、一度だけ、たったの一度、法文系の教室群のある建物と法学部の研究室棟とを隔てている人通りもまばらなさして広くはない銀杏並木に、一人ぽつねんと立っておられる黒縁の眼鏡姿のあなたをお見かけしたことがある。

ああ、あんなところにあの人が立っている。いつもは本郷キャンパスに姿を見せられることのないあなたが、いきなりその曖昧な周縁地帯に姿を見せ、しかも何かにひたすら視線を向けたまま、じっと立っておられる。不意を衝かれて思わず足を止めそうになったが、あなたは、こちらの視線さえ意識される風情もみせぬままその場に立ちつくし、何やら遠方にじっと視線を向けておられる。方向としては、図書館の建物あたりに目を向けておられるように思えたが、この人は、いったい何を見ているのか。そのことも確かめえぬまま、いったん立ち止まりかけたわたくしは、あたかも何も見はしなかったかのように、正門の方向へと歩み去った。

その一瞬の偶然の出会い——あなたはこちらの存在を意識すらしておられなかったから、とても出会いとは呼べぬはずだが——のことを、これまで誰にも口にしたことがなかったという現実にいま改めて驚きながら、その瞬間のあなたが何をじっと見ておられたのかがいまなお不思議に思えてならない。たぶん、季節は秋から冬にかけての寒い季節で、あなたは厚手のオーヴァーをまとっておられたように思う。わたくしどもの研究室とはおよそ無縁の正門脇の細い並木にじっと立ち尽くされたまま、あなたの瞳はいったい何を視界におさめておられたのか。それもまた、想像しがたいことをいかに想像するかという難問に直面せよという、あなたの仕掛けられた罠のようなものだったのか。そうとは思えない。あなたは、思いきり若くて優れた作家の一人として、他人には察しがたい何かを本気で、しかも身動き一つせずに凝視しておられただけだったのだから。すでに半世紀以上も昔のこのほんの一瞬のイメージの衝撃を、わたくしは、なぜ、これまで誰にもいわずにきたのか。というより、六十年の余も遥か昔のこの一瞬のできごとが消えさりがたいイメージとしてしかと記憶されているのは、いったいなぜなのか。

その後、わたくしは、生前のあなたと三度ほどお目にかかったことがあるが、いずれも公式の席上のことで、親しく個人的に言葉を交わしあう機会など一度としてなかった。最初にお目にかかったのは、1989年の某新聞社主催の「ノーベル賞受賞者日本フォーラム」にクロード・シモンが招待され、その通訳兼プレゼンターを務めたときで、日本側からあなたがこれに参加されたのだが、そのときに読みあげたお二人の文学的な紹介の手書きの原稿をつい最近見つけたものの、いまは行方がわからなくなっている。二度目は、1994年の駒場での地域文化研究のテーマ講義に非常勤講師として出講されたあなたが、責任者の工藤庸子に導かれて駒場の応接室を訪れて下さったときのことだが、何を話したかはまったく記憶にない。そして最後にお目にかかったのは、2005年の東大の卒業式に祝辞を述べに来られたときだったような漠たる記憶があるが、ことによると、２００７年11月10日の東京大学創立１３０周年を祝う講演会に、江崎玲於奈、小柴昌俊のお二人とともに参加されたときだったかも知れない。それが終わって控え室に戻られてから、明日は大阪に行き、裁判に出なければならないと誇らしげにいわれたことをしかと記憶している。いうまでもなく、『沖縄ノート』の記述に無謀な難癖をつけた連中が訴訟を起こした事件である。勿論、事態はあなた側の勝訴となったものだが、この方はいまなお闘っておられるのだと深い感動を覚えた。

しかし、わたくしとしては、学生時代に、人通りの少ない銀杏並木で何かをじっと凝視しておられたときのあなたの孤独きわまりないイメージから逃れることができない。これこそ、作家が引きうける孤独さというものではなかったかとは思う。しかし、あのとき、あなたは、いったい何にじっと視線を向けておられたのですか、大江健三郎さん。

はすみ・しげひこ（フランス文学者・批評家・作家）　「文學界」５月号

あいつらは知ったかぶる

ブレイディみかこ

1月に福岡の母が亡くなり、しばらく日本に帰国して2月に英国に戻ってくると、なぜか怒濤のように体調を崩した。まず、ひどい結膜炎にかかり、やたら涙が出て目がかゆいのでかきまくっていたら悪化し、ほぼ目が開かない状態になった。仕事をしようにもコンピューターの字が見えないので困り果てたが、どうにか回復。ああよかった、と思っていたら、今度は怪我をした。

お食事中の方もいらっしゃるかもしれないので流血事故の詳細は省くとして、その結果、右手が使えなくなった。それでなくとも結膜炎で仕事がはかどらなかったから原稿が渋滞しているのに、と焦って左手だけで奮闘する日々が続いたが、「音声入力すればいいじゃん」の息子の一言で仕事のやり方が一変した。

日本語の音声入力は使えない、という声もあるが、使い出すとこれがけっこういける。

もちろん、時々変な文章も入力されているが、時おり削除して左手でタイプし直せばいい程度だ。こんなに使えるとは思わなかった。

「改行!」

と言うと、スッとカーソルが移動するところなど妙にいじらしく(いや、当たり前なのだが)、最初の頃は何度も改行させて喜んでいたぐらい音声入力をエンジョイしていた。

が、またしても幸福な日々は続かなかった。

わたしが3度目のコロナに感染してしまったからだ。今回のコロナの症状は、喉の広範囲が腫れて耳まで痛いが、熱はそれほど上がらなかったので、机に座って仕事を続行する。

が、コロナ罹患中の音声入力はきわめて難しいことに気づいた。咳が出るからである。

「本書の読みどころは、海外における……ゴホッ、ゴホッ、ゴホッ、ゴホゴホゴホゴホッ」

と音声入力の途中でつい咳き込んだら、

「本書の読みどころは、海外におけるのったんですってるんですって、部って、ほぼVAT前」

と、まったく意味不明の文章が入力されている。だいたい、咳のどこが「のったんですってるんですって」と聞こえるのかわからない。これは、日本語の擬声語における咳の音の正当性を疑わせるものだ。しかも日本語で入力しているのに、VATなどという付加価値税を意味する英国英語が検出されるのはなぜだ？

気を取り直してめちゃくちゃな文章を削除し、再び音声入力を始めるとまた咳が出る。すると、今度は音声認識のツールバーが「何ですか？」と聞いてくる。再びしゃべろうとするとまた咳が出て、カーソルが勝手に別のページに飛んだり、「番号を言ってからOKと言ってください」と告げてきたり、「円あってえ、うえいうえ」とまたいい加減なことを入力したりしている。

これでは仕事にならないと思い、机にうなだれていると、息子がげらげら笑いながら部屋に入ってきた。

「すごいよ、これ。見て」

と言って、自分のスマホをわたしに見せる。なんでも、昨今はやりのチャットGPTに英語でわたしのことを聞いてみたのだという。

「わたしは日本語のライターだから、英語で聞いてもAIが知ってるわけないじゃん」

余裕でそう言ったのだったが、先方はわたしのことを知っていた。というか、正確に言えば知っているふりをしていた。

「ブレイディみかこ。英国ブライトン在住のライター」

そこまではいい。しかし、問題はここからだった。

「彼女の代表作は『Impossible Love』。英国に渡った日本人の女性と、英国人の男性が恋に落ちて結婚し、生まれ育った文化の違いや価値観の壁にぶつかり、徐々に心が離れていく歳月をリアリスティックかつユーモラスな筆致で描いた悲恋の物語」

わたしはそれを読んでのけぞった。

「なんじゃ、こりゃー」

「母ちゃん、こんな本も書いてたの？」

「書いてないよー！ いったいどこからこんな情報、拾ってきてんだよ。しかも英語で」

「あっはっはっ。でも、それっぽいよねー」

「それっぽくないよー。だいたいなんだよ、『Impossible Love』って。そんなダサいタイトル、わたしはつけないよ」

息子と2人で騒いでいると、「なんだ、なんだ」と連合いまでやって来た。チャットGPTがわたしについて語ったことを息子が説明すると、連合いが、

「おまえ、本当にそんなの書いたのか？」

と真顔になって聞いてくる。

「いや、だから、書いてないって」

事実無根の解説もあそこまで自信たっぷりに展開されると、頑なに否定しているこちらのほうが形勢不利な気分になってくる。

ここでまたゴホホッと咳が出た。家族としゃべっている間は「何ですか？」と言って停止していた音声認識ツールが、こちらが咳き込み始めた途端に入力を始める。わたしの咳は日本語なのだろうか？「BOTるんで、るんですってほってです」ってわたしはそんなこと言ってないのに、先方は自信満々で入力していく。

人間はまだAIに取って代わられるわけにはいかない。あいつら、「すみません、わかりませんでした」とは絶対に言えないらしいからである。

――

ぶれいでぃ・みかこ（ライター・コラムニスト）「婦人公論」5月号

――

光の総量

池坊専宗

今年の夏は例年に増して暑く、地球沸騰と言われるのも無理ないような体感だ。庭の世話や犬の散歩は、少しでも暑さから逃げようと早朝にしている方も多いのではないだろうか。日中はもちろん暑いが夕方の西陽（にしび）も肌に突き刺さるようで、これほどまでにお天道さまとわだかまりない毎日を過ごした記憶はない。

そんなわけで陽射（ひざ）しと上手に付き合っていかなければならないご時世だが、話は変わって、世の中には様々（さまざま）なものを測るための物が存在している。一番すぐに思い浮かぶのは時計で、もちろん時を計るためにある。腕時計が馴染（なじ）み深いが、昔から人類は水や影を使って時を計ってきた。あるいは鍋やお菓子をつくるための計量カップ。寸法を測る定規……どうやら、人はなにかと測りたくなる習性があるらしい。そこに加えてほしい物が一つあって、それが光時計である。

光時計という名前は正式ではなく、本当はドイツ語でリヒトミューレと呼ぶ。その意味するところは光の風車ということだ。確かに見た感じは、風車を横に倒したような姿である。ガラス球の中に風車のような羽根が数枚あり、一枚一枚の表は箔（はく）で銀に、裏は煤（すす）で黒くなっている。白い表より黒い裏面が光をたくさん受け止め、その発した熱によって空気がわずかに動くことから羽根が回り出す仕組みらしい。理屈はわかったようなわからないような感じだが、白と黒というだけでひとりでに回り始めるのだからおもしろい。

　このリヒトミューレを窓際に置いている。部屋の天井灯の下に置いても反応がないが、窓に置くとすぐに回り出し、快晴の日や最近の夏日だと元気よくぐるぐる回る。曇りの日や陰になると落ち着き、雨の日はしょんぼりといった具合で、表情があるようで憎めない。それで、その日の光の量が元気のよさとしてわかるものだから、光時計と勝手に命名している。

　この光時計を見つけたのは材木などを置いてあるちょっと洒落（しゃれ）た場所で、大きな磨（す）りガラスから注ぐ光をたくさん浴びていた。ガラスは薄く色づき、光の色と相まってそこには柔らかな時間が流れている。私は古木を集めに行ったのだが、その代わりに随分と軽い土産を持ち帰ってしまった。ただ、それから朝目覚めるとカーテン越しにいつも光時計がくるくると回っていて、一日のスタートとしては悪くない景色である。普段あまり意識することはないが、私たちはいつも何かしらの光がある空間で生活していて、早朝のほの明るい時間であれば文字通りそこには光が存在しているということだ。つまり、あなたが夜明け前に家を発つのでない限り、どんな日だってあなたとともに光時計が回っている。

ある写真家が、肌に薄く乗ったような柔らかい光をいつも探していると話していたのを思い出した。私たちも肌で、身体で光を受け止めているように、この光時計もその存在が光を受け止めている。ピーカンの昼間に焼き付けるような陽射しに撃ち抜かれるのもいいし、夕暮れに向かう青く静かな光をそっと肌に乗せるのもいいだろう。光は誰にも平等に注いでいる。夏が終わる前に、光を感じる時間を過ごすのもおすすめだ。

いけのぼう・せんしゅう(華道家・写真家)　「京都新聞」八月二十四日・夕刊

盲導犬をみとった知人

伊藤亜紗

2020年の10月、知人が大切にしていた盲導犬をみとりました。盲導犬としてはもうリタイアしていたので、最期はペットの犬としてでしたが、全盲の彼女にとっては、家に来て以来、片時も離れたことのなかった「最大の理解者」でした。数カ月の介護を経てのみとりでした。

亡くなってすぐは、「自分の左手をどこかに置いてきたみたい」と彼女は話していました。ハーネスを持つ手は、犬のわずかな首の動きをも感じ取ることができるように、意図的に力を入れず、ぼんやりさせるのが常だったからです。だから、犬といっしょに手もいなくなったように感じていた。白杖(はくじょう)を持ってもすぐ落とすなど不便が続いていましたが、「手がしっかりしてきたら犬の記憶を失うようでそれはそれで悲しい」と彼女は話していました。

私はその犬に何度も会っていましたし、彼女とも親しくさせていただいていたので、何かできることはないかと考えました。思案のすえ、「ラジオの収録」と称して、1カ月に1回か2回、オンラインで彼女の話を聞く機会をつくることを提案しました。彼女はもともとラジオが好きだったので、その形を借りて、喪の作業に伴走したいと申し出たのです。

ラジオの収録は20年末に始まり、現在もまだ続いています。回数はすでに30回を越え、彼女が訓練施設でどのように盲導犬と出会い、1人と1匹の世界をどのようにつくり上げ、旅行に行き、ときにけんかをし、老い、そしてみとったか、細かく思い出す作業が続いています。彼女の案内で実際に訓練施設を見に行ったり、彼女の歌を聴かせてもらったり、ときにちょっとした気晴らしを挟みながら。

丁寧に話を聞いていると、1匹の犬とともに生きるという彼女の時間に、いくつもの別の時間が重なり、寄り添っていたことに気付かされます。たとえば、彼女は小学校のときに似た犬種の犬を飼っていました。けれども彼女が盲学校に入り、寮生活が始まったことなどから、その犬の最期に寄り添ってあげることができませんでした。あるいはまだ動物福祉的な考えが広がる前の時代で、近所に暴力を振るわれている犬がいるのを見かけることがありました。そうした「子供のときに見た犬たち」に対する無念さが、「この盲導犬との約束は守ろう」という信念につながっているのです。

あるいはいよいよ介護が本格化してきた頃。盲導犬にてんかんの症状が出始め、倒れて頭を打つのではないかと彼女は高い緊張状態ですごしていました。ところがその頃、同じように気圧の影響を受けやすい病気を持つ知人と頻繁に連絡をとるようになります。知人の調子が悪いと、犬がご飯を食べなくても「まあそんなもんかな」と思えるようになった。気象という現象を介して、知人と犬のあいだに種を越えた時間の重なりが起こり、そのことが彼女の介護の不安を和らげていたのです。

犬の死が迫ったときもそうでした。2020年の夏に、首にしこりがみつかり、年齢の問題から薬による治療が難しかったことから、彼女は初めて安楽死の可能性に直面します。「自分のタイミングで犬と手を放すことを決めなければならない」。それはとてつもなく痛い経験で、そのときに食べたピーナツバターサンドは味がせず、ワセリンのようにまずかったと言います。

結局そのときは安楽死をさせずに済んだのですが、その後彼女は、偶然、大好きなラジオパーソナリティーがペットの犬をみとった経験について話すのを耳にします。そのパーソナリティーは、犬が息を引き取った瞬間、悲しかったけどホッとした、と語ります。その「ホッとした」が、彼女の犬をみとるまでの最期の数カ月を支えます。極限状態で、自分が何を思うか分からない、逃げ出したくなってしまうかもしれない。その混乱のなかで、「ホッとした」は、彼女にとって「何を感じてもいい」という許しの言葉となりました。

時を超え、種を超え、場所を越えてやってくる別の時間。みとりという経験は、私たちの生がそうした時間の重層性に支えられていることに、改めて気付かせてくれる出来事なのかもしれません。

いとう・あさ（東京工業大学教授・美学者）　「信濃毎日新聞」七月二日

私たちには物語が必要だ

三木那由他

地下鉄京都駅の改札を抜け、烏丸七条の出口から外に出ると、京都らしいあの嫌らしく絡みつく暑さがやってくる。慌てて日傘を差すが、じっとりと湿った空気の熱は日陰にいるくらいでは和らがない。額の汗をハンカチで押さえて、東本願寺のクリーム色の塀を横目に、すぐ近くにある京都中央信用金庫の建物に入る。そこはちょっとしたギャラリーになっていて、その日はアンビエント・ミュージックで知られるブライアン・イーノの展示をやっていた。

受付では、三人ばかり先客が並んでいた。電子チケットを係員に見せようと、みなスマホを手に握っている。その奥で、一足早く着いたカホ（仮名）が待っていた。赤ちゃんを抱えて小さく揺すりながら、スマホを見ている。「ごめん！　お待たせ！」と声をかけると、カホは「汗すごいね」と笑った。

カホは大学時代に私と同じ演劇サークルに所属していて、一緒にお芝居をしたり、演劇論を語り合ったり、公演を見に行ったりした。少し前に結婚し、いまは子供もいる。何気なく「今度、京都でブライアン・イーノ展に行くよ」と話したところ、「子供連れでも大丈夫らしいから私も行く」ということになったのだった。

暗い部屋にひとの顔が大きく投影され、静かな音楽が流れる。顔はゆっくりと変化し、想像される年齢や人種や性別がさまざまに変わっていく。さっきまで寝ていた赤ちゃんが、映し出された顔を気にしてじっと見ている。

こんな日を、私は想像したことがあっただろうか、と思う。友人同士であるふたりの女性が、その一方の子供と一緒に出歩く。それ自体はたぶんそんなに珍しい風景ではない。でも、私は自分がその風景のなかにいることを想像できたことがあっただろうか？

私が周りから女性と認識されるようなかたちで生きるようになったのは、三十歳前後のころからだった。私はそれまでトランスジェンダーのひとに会ったことがなかった。せいぜい遠くからそれらしきひとを眺めたことがある、という程度だ。私にとって、私自身が初めての身近なトランスジェンダーだった。だから私には、トランスジェンダーの個々人がどのように日々を生き、どのような人間関係を営んでいるか、はっきりとしたイメージが何もなかった。

私にとっての「トランスジェンダー」のイメージは、たぶん主にフィクション作品から来ている。自分がトランスジェンダーであるという認識ができるずっと前から、私は自分でもなぜだかわからないままに、フィクション作品に登場するトランスジェンダー的な存在に惹かれていた。

小学生のころに『クロノ・トリガー』というゲームが流行ったことがある。平和な世界で暮らしていた少年が事故で過去へとタイムスリップし現代へ帰ろうとするなかで、世界が崩壊する未来のことを知ってしまい、その未来を避けようと時空を超えた冒険をするというロールプレイングゲームだ。発明好きの女の子やカエルの騎士、心優しいロボットなどが活躍する可愛らしくもわくわくするゲームで、私ものめりこんでプレイした。

でも、そんな魅力的なキャラクターたちのなかで私の心をとりわけつかんだのは、中世の世界を支配しようとする魔王の配下で、強力な魔法を駆使しながらときに投げキッスを飛ばしてくる空魔士マヨネーという敵キャラだった。マヨネーは、イラストでもドット絵でも愛らしく凛々しい少女として描かれているが、「ゆだんするな！　こいつが空魔士マヨネー！　ただの女ではない」という言葉を投げかけられると怒りをあらわにし、「ムキーッ！　ど〜せ、あたいは男ヨ！」と言い返し、「女でも男でも強い者は美しいヨネ〜」と持論を語る。マヨネーは、トランスジェンダー的なキャラクターだった。

もちろんこの描き方はありがちな偏見に基づいている。生物学者でありアクティビストであり、当事者としてトランスジェンダーの生きる世界について積極的に語っているジュリア・セラーノは、著書『ウィッピング・ガール』でトランスジェンダーの女性は主に二通りの型で描かれてきたと言っている。いかにも男性的な外見(たくましい筋肉や髭)をしていながら自分は女性だと思い込んでいる滑稽で可哀そうな存在か、もしくはいかにも美しい女性の外見をして男性を惹きつけながら実は服を脱ぐと男性である性的な詐欺師か、だ。マヨネーは、この後者の類型に属しているだろう。

『うる星やつら』の渚、『幽☆遊☆白書』の魅由鬼、『るろうに剣心』の鎌足、……。私はいろんなキャラクターに共感を抱いてきた。トランスジェンダーの知り合いを持たなかった私にとって、こうしたキャラクターは「トランスジェンダーはきっとこういうひと」というイメージの源になっていた。だから、私にとってこうしたキャラクターたちはいかに偏見に基づいていたとしても、大事な存在だ。でも、こうしたキャラクターを通じてイメージを作り上げていたからこそ、私はいまの私自身のように、ひとと関係を築きながら生きるトランスジェンダーの姿を、想像することさえできなかったのかもしれない。

『うる星やつら』の渚は、美しい少女の外見で、女性として育てられ、女性として暮らしている。けれど「脱ぐと男」であるというのが一種のギャグとして描かれていた。そして、それゆえに普段なら美しい女性と見るや鼻の下を伸ばすような男性キャラたちにとって「食指の動かない」相手であるとされる。トランスジェンダーであるということが、愛や性に由来する他者との関係を持つうえでの妨げででもあるかのように。

『幽☆遊☆白書』の魅由鬼は、美しい女性の外見をした敵キャラだ。女性相手では戦いにくいという相棒の桑原に対し、主人公の幽助は鋭い機転を利かせて魅由鬼を倒す。戦いのさなかに隙を見て魅由鬼の胸と股間をまさぐり、胸がないこと、股間にペニスがあることを確認したうえで、殴ってもいい相手だと判断して殴り飛ばすのである。ご丁寧に、体に触れたあとで嘔吐する描写もある。

私は自分がトランスジェンダーかもしれないと自覚し始める前から、こうしたキャラクターたちを「いつかあんなふうになりたい」という無意識の憧れとともに見ていたのだと思う。けれどそれは、その周囲にあるこうした描写とセットだった。つまり、「こんなに美しく魅力的な外見でも、トランスジェンダーであるがゆえに性や愛を伴う関係は築けず、そして殴っても構わない存在でしかない」というふうに。

しかもそれは、女性としてパス＝通用するひとの場合だ。パスしないトランスジェンダー的なキャラクターたちの扱いは、それよりも悲惨だ。例えば『クレヨンしんちゃん』の「オカマ」たちは滑稽で、出てくるだけで笑われる存在に見えた。『ＯＮＥ ＰＩＥＣＥ』

のボン・クレーは作中でも鼻以外は変な顔パーツの寄せ集めとされ、奇矯な振る舞いも多く、その存在自体が「ギャグ」になっている。

奇妙なことにこうしたキャラクターたちは、美しいトランスジェンダー的なキャラクターたちよりも好意的に描かれる。いるだけで楽しく、ときには熱い友情で主人公たちを助け、……と。まるで「女のふり」をせず外見も振る舞いも堂々と「オカマ」であり、周囲を楽しませたならば、敵とは見なさないでもらえるとでもいうかのように。ただ、それでもこうした「オカマ」的なキャラクターたちもどこか「普通」のひとである主人公たちの輪から離れたところに位置し、一種の「妖精」のような位置づけで物語に登場していたように思う。少なくとも、主人公たちが行き来する街の風景の自然な一部ではない。

どちらのタイプのキャラクターにせよ、フィクションのなかのトランスジェンダー的なキャラクターに、友人たちと一緒に当たり前に暮らしている生活があるようには、少なくとも私には見えていなかった。性や愛による関係が結べない存在、殴ってもいい存在、妖精のような愉快な存在。どれにしたって、この社会に属せてはいない。きっと、そのせいなのだろう。数年前に性別移行を始めた私は、それによっていくらか生活がスムーズになったのも感じつつ、けれど自分自身が将来、どのように暮らしているのかまったく想像ができずにいた。トランスジェンダーの人々はどんな仕事をしているのだろう？　誰と一緒にいるのだろう？　どこで何をして遊び、何を食べ、何を話しているのだろう？　イメージは湧かず、なんとなく、自分はこの社会にいるべき人間ではないのかもしれないと考えていた。

実際のいまの私はどう生きているだろう？　大学で働き、スーパーで買い物をし、たまに映画を見に行き、そして女友達と一緒に展覧会に行ったり、ご飯を食べたりしている。結婚する友人が増えるにつれ、夫への愚痴や子育ての悩みも聞く機会が増えた。子供が生まれてから忙しくて買い物にも行けないという友人が久しぶりにバッグを買いたいというので、しばらくその友人の子供の様子を見つつ待っていたこともある。たぶんとても当たり前の暮らしだ。でも、こうした暮らしをするトランスジェンダーの姿を、私は自分自身がそれを実現するまで、想像したことがなかった。

きっとシスジェンダーのひとたちには、もっと将来の自分の暮らしを思い描けるのではないだろうか？　漫画を読んでも、映画を見ても、ゲームをしても、シスジェンダーの男女の姿は多種多様に描かれる。子供もいれば老人もいる。刑事がいるかと思えばファッションデザイナーもいて、スポーツ選手だっている。ひとりで暮らすひと、パートナーと暮らすひと、親と暮らすひと、子と暮らすひとがいる。将来のイメージを作り出す材料には事欠かないだろう。でも、トランスジェンダーにはシスジェンダーの人々と同じだけ豊かな材料はなくて、だから将来のことがうまく考えられない場合がある。私はそもそも、この年になって生きている自分というのさえあまりうまく想像できていなかった。

たまには贅沢をしたいというカホと、寿司屋に入った。ケープをつけて授乳をしながら、カホが学生時代の話をする。あのひとは編集者になったらしい。あのひとはいまも演劇をしているみたい。サーモンの寿司を箸でつまみ上げつつ、私も最近見た友人の公演の話をする。

こういう姿が、私がたくさん読み、見てきた漫画や映画で描かれていたらよかったのに、と思う。そうしたら、ひょっとしたら私はこんなふうに日常を生きるトランスジェンダーの姿を思い描くことができていたかもしれない。そうしたら、自分がこの社会にいていい人間、というより普通にいる人間だと思えたかもしれない。

たかがフィクションだ。でもそのたかがフィクションを、私たちは小さいころから大量に浴びている。おとぎ話や童話を聞かされ、児童書を読み、アニメや映画を見て。それはきっと、私たちの人格形成に少なからず影響しているのではないか。そしてその大量の作品のなかに、現実のトランスジェンダーの姿を思い描くための手掛かりは、どうしようもなく少ない。そのなかで、私たちトランスジェンダーは無理やり人格を形成してきたのだろう。その無理やりのせいで、あちこちに傷を負いながら。

いろんな年代の、いろんな服装の、いろんな職業の、いろんな人間関係を築くトランスジェンダーの人々の物語があちらこちらに現れるということがいつか起こるのだろうか。そういう日が来てほしい、と思う。私たちには物語が必要だ。何よりも、自分自身のありうる姿を心に描くために。

みき・なゆた（哲学者）「すばる」8月号

日本と台湾は似てる？

温又柔

もう10年近くも前のことなのだが、アジアの小説を読む、というシリーズの文学イベントにゲストとして招かれたことがある。

イベント開始早々、司会者の方は私に向かってこう言った。

「台湾は、すごく日本に似てますよね」

彼としては、台湾は日本に似ているから日本人にとっても台湾の小説は親しみが持ちやすい、という切り口で、この日のイベントを始めたかったのだろう。この司会者兼主催者の方は、英語がよくできて、英米文学の長年の愛読者でもある。アメリカやイギリスなどの小説ばかり読んできた彼が、呉明益（ごめいえき）の『歩道橋の魔術師』がきっかけで、台湾や中国や韓国の現代文学に興味を抱くようになった。そして、アジアの小説を読む、と題したイベントを次々と企画し、そのゲストにうってつけとばかりに台湾生まれ日本育ちの作家である私をゲストの一人として呼んでくれたのだった。

「ぼく、この間、はじめて台湾に行ったけれど、とても良かったですよ。なんだか、外国にいる気がしなくて、妙にホッとしてね」


しかしながら、台湾人として日本で育った私は、似ているどころか異なる部分が台湾と日本の間にはたくさんあると子どもの頃からしょっちゅう感じさせられてきた。また私の場合、台湾に「帰る」たび、「外国にいる気がしない」どころか、自分の出身国であるはずなのに「外国」にいるような寂しさを覚えることもよくあった。

司会者の言い分に素直に同意できなかった私がいきなり口ごもったせいで、十数名の観客が見守るなか、やや気まずい沈黙が生じる。仕方なく私は言った。

「ヨーロッパとかアメリカと比べたら、確かに似てますけどね……」

司会者は笑った。それにつられるように、会場でもいくつか失笑が漏れる。自分でもわかっていた。ヨーロッパやアメリカ、などという表現は雑すぎる。それでも私は一人、ようやく納得がいくのだ。「外国」といえばまずは真っ先に欧米諸国を連想する人たちにとって、同じ「外国」ではあっても台湾は確かに日本と「似ている」。

「アジアの小説を読む」と題されたイベントの主催者が、初めて台湾を訪れた際に「外国にいる気がしない」と感じたのも、彼が遠いヨーロッパやアメリカなどの「外国」にばかり行き慣れているからに違いない。

要は、何と比較するか、という問題なのだろう。

アジアの小説を読む。

しかし、よく考えてみたら奇妙な表現だった。アジアの小説に、日本の小説は含まれないのか？　いや、日本の小説だってアジアの小説の一部であるはずなのに？

あの日、半ば上の空で私は考えていた。ここは日本。アジア、という日本語を使うとき、大多数の人々はそこから自分たちの国である日本をいつの間にか外して考えている。

そのことをあの日、自分が言ったかどうかはもう忘れてしまった。ただ、懸命になって、説明をしたことなら覚えている。

日本と台湾は、外国といえばアメリカやヨーロッパばかりを意識してきた日本人たちが思うほど、似てはいない。少なくとも台湾人の両親の間に生まれたものの、日本文化をたっぷりと吸収しながら育った私に言わせれば……たぶん、少し意地にもなっていた。自分たちとはあまり似ていなくても英米文学なら当たり前に読んできた人たちが、自分たちと似ているからこそ共感できるとばかりにアジアの文学を「消費」しようとする態度に。

おん・ゆうじゅう（作家）「毎日新聞」四月二日

「謝りすぎ」と「謝らなさすぎ」

武田砂鉄

これを書いている次の日、仕事部屋に隣接する小学校で運動会が開かれる。今年からは声出しが解禁されたようで、ソーラン節を練習する声が数週間続いている。「ハー、ドッコイショ！　ドッコイショ！」の掛け声が響き渡る。先生がいったん止めて、「もっと大きく！」とあおると、2割増しくらいで声が大きくなる。

運動会の練習が本格化する前、マンションのポストに、小学校からのプリントが入っていた。要約すると「もうすぐ運動会があり、練習する音でご迷惑をおかけしてしまいます。騒がしくなり申し訳ないですが、生徒たちの成長のために欠かせないイベントでもあるので、ご理解いただければ幸いです」といった旨の内容である。校長の名前と連絡先が書いてあった。

この小学校ができたのは1965年だそう。地域にある住宅の大半は小学校よりも後に建てられている。小学校の校庭から、どういった音がどれくらい発生するかというのは実際に住まなければわからないものの、発生した音に対して「うるせぇよ！」とはなりにくい。ならない、ではなく、なりにくい、というところが学校にしてみれば厄介で、何か言われた時のために先に謝っておこう、という判断なのだろう。低姿勢のおわびが毎年届くのだ。

薄めに薄める

テレビに映る政治家を見ていると、とにかく謝らない。朝起きて、「今日も絶対に謝らないぞ」と誓っているのかと思うほど謝らない。どうしても謝らなければ事態が収まらない時であっても、「誤解を招いたとしたら」とか、「不快な思いをされたとしたら」とか、「自分としてはそんなつもりはなかったんですけど、あなたがそう思ったのだとしたら、その点について謝るのはやぶさかではありません」と薄めに薄めてくる。珍しく潔く謝った人がいても、翌日や翌月や翌年くらいのスパンで、「実はあれは」と自分なりの解釈を語り、謝った事実を曖昧にしようとする。

今、この社会には「謝りすぎ」と「謝らなさすぎ」が入り交じっている。「ちゃんと謝る」

と「必要以上に謝らない」が入り交じっているならばいいのだが、「謝りすぎ」と「謝らなさすぎ」の掛け算は、好ましい状況には向かわない。たとえば来年から、小学校がおわびのプリント配布をやめたとする。ある日から、ソーラン節が鳴り響く。すると、いつものプリントが届いていないことを理由に学校に電話する人が出てくるのだろうか。3件くらいあるのかもしれない。200件ってことはないだろう。その3件にしても、「ええ、毎年のことで大変恐縮なのですが、今年もよろしくお願いします」と答えれば、大抵は引き下がるはず。「納得いかない。そちらに出向くので話を聞かせろ」という1件が生じるかもしれないが、そんな面倒な事案は、プリントを配ったところで防げるものではなかっただろう。

連呼を迫られ

どうしてこんなに謝ってくるのだろう。答えはわかっている。謝っておくと、大抵のことがスムーズに動くからだ。心底申し訳ないと思っているわけではない。面倒を発生させないために謝っておく。たとえば、子育て中の人に話を聞くと、繁華街にベビーカーで行く場合、とにかく「すみません」を連呼するという。理由は、連呼するのが一番簡単だから。A地点からB地点に素早く行くには「すみません」で気づかせたり、「すみません」で相手のイライラを先に消したりする。ただ移動しているだけなのだから、謝る必要なんてないのだが、謝ると難なく進むのだ。

絶対に謝らない人、それこそテレビに映っている政治家の人たちがなぜ謝らないかといえば、謝らなくても支障がないからだ。むしろ、自分を守るためにも謝らない。謝らなくても道が用意されている。謝らないほうが、道が確保されるとも言える。

謝らなくても済む人というのは、その多くで特権性を持っている。物事をつつがなく動かそうとする人は、どうしても謝る回数が多くなる。少し前に、銀行を舞台にした、偉い人が土下座する様子が話題となったドラマがあった。両足を震わせ、いよいよ、あの偉い人が土下座した、スカッとした、という反応が目立った。それを知って、気持ちが悪いなと思った。「謝らなさすぎ」の人がようやく謝ったところで、「謝りすぎ」の人の謝る回数が減るわけではない。根本からひっくり返す必要があるのだが、一体これはどうしたらいいんだろうか。なかなか糸口が見つからない。もしかして、世の中って、ずっとこの感じで回ってきたのだろうか。

たけだ・さてつ（ライター）「北海道新聞」六月六日

シチリア島の黄色い果実

島村菜津

数年前、イタリアのシチリア島のカターニャという町の広場で、空港行きのバスを待っていた。ところが、事故でもあったのか、出発時間が近づいてもなかなか姿が見えない。そこで切羽詰まって、広場の反対側に停まっていた白タクに乗ることにした。空港までは、タクシーならば十五分ほどだ。それでも、バスの五倍の値はするので、せめて半額にしたいと、そばで待っていた灰色のコート姿の小柄なおじさんに、「シェアしませんか」と声をかけた。

最初は、疑り深い眼差しでこちらを見ていたが、日本人の観光客で、こちらが六割払うと持ちかけると、おじさんは、ニコリともせず、「いいでしょう」とこの申し出を受け入れた。

タクシーに乗ると、運転席のミラーには、お守りなのか、十字架が下がっていた。失業中なのだろうか。饒舌な運転手に、観光でどんな町を巡ったのかと訊かれておしゃべりをするうちに、「シチリアは本当に美しいですね」と私が言った。すると、その途端、静かに座っていたおじさんが、急に、「そうだ、シチリアは美しいんだ」と会話に割って入った。たどたどしいイタリア語だ。いったい、どこの国の人だろうと思い、「ご出身はどちらですか」と訊くと、彼は、歯の間から空気が抜けるような発音で、「ハラッツォ・ハドリアーノ」という町の名を口にしたが、その後は、「四十六」という数字しか聞き取れなかった。

そして、私が故郷の町を知らないと思ったのか、また黙り込んでしまった。

ところが、運転手と私がふたたび会話をしていると、今度は突然、「チェードロ！」と大きな声を出した。見れば、彼が気をとられている車窓を、大きなレモンが並んだ露店が通り過ぎた。旬なのか、道路の脇に何軒も並んでいる。

だが、白タクの運転手は、警察官にでも出くわしたら大変と、これを無視しようとした。おじさんが、また「チェードロ！」と大声を挙げるので、気の毒になって「ねえ、この方、レモンを買いたがっているから、停まってあげてください」とお願いした。

すると、この時ばかりははっきりと聞き取れるイタリア語で、おじさんは右手を目の前で掲げ、三本の指で目に見えない大きなレモンを掲げるような仕草をすると、こう言った。

「レモンじゃない。チェードロだ。チェードロは、スイスに無いんだ」。

後で調べてみると、チェードロとは、日本ではあまり見かけない品種だが、シトロンと呼ばれ、長さが十五センチほどもある柑橘で、レモンより酸味が強いが香りが良いという。

これを聞いた運転手は、「さっと買ってくださいよ」と念を押し、停まってくれた。おじさんが駆け出していったので、さっそく運転手に、「彼はスイス人ですか」と訊ねた。すると、声を潜めてこう言ったのである。

「いいや、シチリア人だよ。四十六年間も故郷に戻っていなかったそうだ。だから、イタリア語もほとんど忘れてしまっているじゃないか。可哀想になあ」。

その瞬間、にわかに、おじさんが先ほど口にした故郷の町の名が理解できた。

パラッツォ・アドリアーノと彼は言ったのだ。それは島の内陸の小さな村で、かつてジュゼッペ・トルナトーレ監督が、名作「ニュー・シネマ・パラダイス」を撮影した村だ。九〇年代に取材で訪ねたこともある。人口二〇〇〇人ほどのこの村では、当時、住民の八割近くがエキストラとして映画に出演していた。主人公のトト少年も役者の道へは進まず、堅実に地元の農業高校に通っていた。

また、その昔、多くのアルバニア難民を受け入れたこの村には、カトリックの聖堂の正面にアルバニア正教徒の教会が立ち、今も仲良く共存していた。

さらに、この村は、かつて土地を求めて立ち上がった農民たちの運動が、中央政府の弾圧を受け、戦後も灰色の政治家や地主と結託したマフィアに迫害され、多くの人たちが海外へ移民した村の一つでもあった。

そうした事情から、おじさんもまた、仕事を求めてスイスに移民した両親たちに連れられ、幼い頃、故郷の村を離れたのだろうか。

この時、ビニールに三つのチェードロを抱えておじさんが戻ってきた。その口元と目尻には、初めて満足げな笑みを湛えていた。車内がかぐわしい香りに満たされた。

「手荷物だと没収されるかもしれないので、大荷物にしまってくださいね」と言い残し、空港で別れた。

シチリア島の人たちに、異邦人に優しく、偏見がない人が多いのは、海外で移民暮らしの辛酸をなめた人が多いからなのかもしれない。

近頃、入管での事故死や自殺など、日本で暮らす移民たちが苦労しているというニュースがよく流れる。そんなニュースを耳にするたびに、あのタクシーの中で、おじさんが「チェードロ！」と言いながら見せた仕草が目に浮かぶ。

まるでトロフィー台のように誇らしげに掲げた三本指の上には、幼い頃のおじさんの手に余る大きな黄色い、つややかな果実が、燦然と輝いているのが見える。

しまむら・なつ（ノンフィクション作家）「かまくら春秋」4月号

鍼

田口ランディ

誕生日のプレゼントに鍼をもらった。

縫い針ではないよ。直径三ミリ、長さ七センチほどの金と銀の鍼だ。たぶん頚動脈に刺せば人だって殺せる。二本の鍼は青いアラベスク文様の小さなケースに並んでいた。

「田口さんなら、この鍼を使えると思いますよ」

私は思わず、先生の顔を見た。鍼灸師のY先生に家族ぐるみでかかるようになって早四年だ。友人にすすめられて先生の鍼を受けた時は衝撃だった。

触れ方が違う。触れているのかいないのかわからないほどのフェザータッチ。細かく身体全体を触診しながらの丁寧な診察。時間をかけた問診。適度な距離感とユーモア。そして、鍼は一本しか打たない。これにまいった。過去にハリネズミのごとく鍼を打たれて具合が悪くなったことがあり、以来、鍼は苦手だったのだ。

仙人みたいなおじいさんが現れるかと思いきや、先生は大沢たかお似のイケメン。なにより目を引いたのは指の爪半月だった。なんという豊かな白い半月。もっこりしている。近年、私の指からどんどん爪半月が消えて淋しく思っていた。先生はとても健全な身体をしているんだなと感じた。羨ましかった。

たった一本の鍼だからこそ、身体の中の気を大きく動かせるのだと先生は言う。最初は半信半疑。たかが一本の鍼がそんなに効くのか？　だが効いたのだ。まぐれかもしれないと思い、家族を連れて行った。さらに、身近な友人で具合の悪そうな人をどんどん連れて行った。みんな体調が改善する。な、なぜだ、意味がわからない。東洋医学ってそんなにすごいのか。

懐疑心の強い私は先生の施術の信憑性を検証したくなり、一緒に東洋医学研究会を立ち上げて、仲間たちと東洋医学を学び始めた。そんなこんなで三年が過ぎた頃、鍼をもらったのだ。

古代鍼と呼ばれる、肌にかざすだけの鍼。それでも十分に気を動かせると言う。六十三歳の誕生日。なんだか魔法の杖をもらったような気持ちになった。

その一週間後には、鍼灸学校のパンフレットを取り寄せ、社会人入試の申し込みをしていた。本気で入学する気はなかった。きっとそのうち気が変わるだろうと思っていた。

学校は全日制で、月曜日から金曜日までしっかり授業がある。三年制だ。卒業する時に私は六六歳だ。三年間は仕事もあまり出来ないだろう。一八、一九の若者と机を並べることになる。

試験と面接があった。すぐ合格通知が来た。入学式の案内が来た。

あまり何も考えなかった。入学金と授業料を払った。そして、四月から鍼灸学校の生徒になった。当然ながら学年で最年長、先生もみんな年下だ。

入学してみると、専門学校のカリキュラムは厳しかった。国家試験合格を目指した予備校みたい。鍼灸師になるには東洋医学、解剖学、公衆衛生の知識が必要なのだと知った。毎週のように単元テストがあり、その合間に実技の試験があり、最初の一ヶ月は朝起きると心臓がバクバクした。あまりにも覚えることが多くて怖くなったのだ。

自由業を三〇年もやってきた。集団行動が苦手だから作家になったのだ。一人で好きなようにできる。気楽だった。まさか六三にもなって、校則のある学校生活、テスト勉強に追いまくられるとは。すべては、あの二本の鍼のせいだ。

入学して三ヶ月目、ようやく自分の身体に鍼を刺せるようになった。寸六の二番、長さ五センチ、直径〇・八ミリの鍼が皮膚に入っていく。一センチも入れるとずーんという重痛い刺激が伝わってきた。

この小さな一本の鍼が、身体の気の滞りを治せるってすごい。これ一本あれば、誰かの役に立てるかもしれない。気持ちを落ち着かせたり、痛みを取ったりすることができるかもしれない。しかし、まずは自分だ。先生のような美しい爪半月がほしい。自分が元気になりたい。

朝起きたら脈を取り舌を見る。経穴（ツボ）の具合を確かめる。ツボにも表情がある。びろーんと広がっていたり、じとじとしていたり、こりこりしていたりする。体調を感じ取って、ツボを決めて鍼を打つ。

すーっと吸い込まれていくような時もあれば、ねばねばしたものが鍼にまとわりつくような時もある。良くなる時もあれば、間違ってツボを刺激してしまい陰陽のバランスを崩す時もある。日々、身体との対話だ。ぶよぶよだった合谷のツボが、刺鍼するとみるみる張ってくる。気が動き、虚から実に変化したのだ。

「三年も学校に通うなんて、大変ねえ」

おっしゃる通りだ。なんのためにこんなことをしているんだろうと思う。目的はない。鍼を知りたかった、それだけなんだ。六三歳ってのは微妙な年だ。これから出来ることはそんなに多くない。目標や目的があったところで、この年になったらたいがい来世に持ち越しだ。

私は夢を見ている。子どもの頃のように。ハリーポッターの魔法学校に通う気分で鍼灸学校に行く。ランドセルのような重いリュックを背負い、一人で電車に乗って登下校する。帰り道にコンビニで、アイスモナカを買い食いする。宿題をやって、一息ついて、身体に触る。がんばってくれた愛おしい身体、なおざりにしてきた人生のパートナーと、会話している。

たぐち・らんでぃ（作家）「季刊文科」秋季号93

「行けたら行く」で、本当に行く人

カツセマサヒコ

ある飲み会の帰り道での出来事だった。正確に言うならば、なんだか居心地が悪くなって「別件があるから」と抜け出した飲み会の帰り道だ。

たまたま同じタイミングで退席した友人と、駅までの道を歩いていた。まだ日中の暑さを夜が吸収しきれない、真夏の延長戦のような日だった。

「カツセさんってさ、ああいう大人数の飲み会、自分が幹事じゃないとすぐに帰るよね?」

突然、隣を歩く友人が、限りなく鋭利な言葉で私を突き刺した。

「そんなことないし!」

私は慌てて反論したものの、その声はあまりに弱々しかった。友人はトドメを刺すように「だって、いつもそうじゃん」と、私を一刀両断した。

十五名ほど集まった飲み会だった。三十分もすれば、自然と会話は四、五名ごとに分散し始めて、各々で盛り上がるようになる。大人数の飲み会によくある光景だった。

私はそうなった途端、会話に向かう集中力が激減してしまう。目の前の友人の話をきちんと聞きたいのに、頭はどこかで別のグループの話を聞こうとしている。気が付けばどこのグループにも居場所がなくなり、やたらとトイレに避難する寂しい人間になってしまう。

「気持ちはわかるけど、完全に非モテムーブだよ、それ」

いい歳して何やってんの、と笑われて、いや、そっちだって今日、途中で帰ってるじゃんと言い返してみれば、友人はこれから別の飲み会に向かうとのことだった。友人はきちんと、予定がある人だった。

「行けたら行くって言っちゃったから、行かなきゃなんだよ」

困ったように笑う。だったら行かなきゃいいのに、と思ったが口に出すのは控えた。

そのあと、「行けたら行く」は何割くらい行く気があるのか、という話で、友人と五分ほど盛り上がった(その手の話題の賞味期限は、だいたいいつも五分くらいだ)。

私は十年くらい前に「行けたら行くわ」と言った飲み会にいざ行ってみたら、自分の席がなかったという悲しい仕打ちを受けたことがあり、それ以来、「行けたら行く」は、「ほぼ行かない」と同義と認識していた。

しかし、横を歩いていた友人は「行けたら行くって言ってんだから、七割は行くでしょ」と言った。七割はさすがに高すぎるでしょ、と返してみたが、実際に彼女は誘われた飲み会にほとんど出席するようにしているらしく、とにかくこいつは仕事ができる人、もしくは、とにかく仕事をサボるのが上手な人なのだとわかった（それがモテる秘訣な気もした）。

「てか、カツセさんって、遊びの約束とか全然守らなそうだよね」

友人はさらにこちらの株を下げるようなことを口にする。

「海行こうとか、ドライブしようとか、適当なこと言っておいて実現できてないもの、めっちゃ多いでしょ？」

そう言われて、どちらかといえば、そういう約束はすっぽかされたほうが多いように思った。

――いつか、どこかに行こうね。

その一言が最後まで叶えられないまま別れてしまった人が何人かいる。誰にだってそういう人がいるのだと思いたい。

「私はね、たとえ飲みの場で交わした軽はずみな約束だったとしても、できるだけ守るって決めてるから」

酔っているのか、顔を赤くした友人が、親指をグッと立てて言った。

「遊園地行こうとか外で飲もうとか、社交辞令で済ませちゃいそうな軽い約束ほど、実現させたときにメチャクチャおもしろいんだから。カツセさんも今度、やってごらんよ」

彼女は健康法でも薦めるようにそう言って、次の飲み会会場があるという渋谷の街に、颯爽と消えていった。

到底、彼女のような社交性やフットワークの軽さは身につけられそうにないと思いつつ、果たせなかった約束を強引にでも叶えようとする意思は、どこかで参考にしてみても良さそうだと頷きながら、私も改札に向かった。

かつせ・まさひこ（小説家）「CLASSY.」12月号

うまにそば

松重　豊

熱くて食べられたもんじゃない。

店主というのは、お客にとって最高に旨いと考えるタイミングで食事を出すものだと思う。しかし今、目の前の器に溢れんばかりに入った物体は、異常な熱を帯びている。ひとくちレンゲで掬い、表面だけを冷ましてみたところで内部の温度は下がりはしない。おそらく口に入れた瞬間に口内の薄皮をべろりと剥ぎ取っていくに違いない。これを食えというのか。店主を軽く睨んだ。そういえばさっき、彼は調理の仕上げの際、なにやら怪しい白い粉を水で溶いて俺の食い物に入れていた。後ろ向きで何食わぬ顔をして指で攪拌して一気に投入した。その瞬間から鍋中の俺の料理がなにかグッタリした気がする。スープがスープであることを諦めたかのような。そう、俺が頼んだのは、とろみが決めての「うまにそば」だ。

何か意地悪をされている気もするが、大人として事を荒立てるわけにはいかない。猛烈な熱さに負けず食べ進めた。するとどうだろう、コツさえ呑み込めばとんでもなく旨い。最後のうずらの卵を残すまで一気に食べ進めた。この卵はご褒美、うまにそばの華だ。舌で転がすうちにもう少し食べたくなった。追加で「中華丼」を頼むことにする。

オーダーを聞いた店主が調理にとりかかる。するとまた彼は最後に、こっそりとあの白い粉を入れた。そして出てきた品を見て唖然とした。これは先ほど頼んだ「うまにそば」ではないか。ふざけるのもいい加減にしろと言いかけたが、器が微妙に違って浅い。表面を覆うものは全く一緒だが、レンゲで掬うと飯が覗いた。だったら先にひとことあってしかるべきだろう。そもそも名前が曖昧なんだな、ふたつとも。「中華丼」って名付けたのは誰だ。海外行って「日本丼」なんてあったら笑うだろ。「うまにそば」だって安易だよ。旨く煮ようとするのは当たり前だよね。説明になってない。しかも頭に載った具が同じ物なら「中華」と「うまに」って変えることないだろ。

憤りながらも一気に食べた。同じ具材でも麺と飯では食感も異なる。白い粉という反則技があるとはいえ旨い店だ。おまけに中華丼のほうにはうずらの卵がふたつ入っていた。ラッキー！　店主がこちらにウインクした。次は「あんかけ焼きそば」を注文しよう。

まつしげ・ゆたか（俳優）「クロワッサン」7月25日号

塔

岸本佐知子

何年か前、下町の居酒屋で飲み会をした。戦前からあるような古い日本家屋で、二階の座敷には剣道の賞状や折り鶴やかぎ針編みの服を着せられたキューピー人形が戸棚に飾られており、そんな空間で飲んだり食べたりしゃべったりするのは、誰かのお祖母ちゃんの家にいるようで楽しかった。

すっかりいい心持ちになって外に出て、ふと夜空を見上げたら、目の前にそれがあった。低い家並みを押しひしいでそびえる、巨大なスカイツリーが。背筋がぞわりとして、酔いが一気にさめた。明らかに縮尺が変だった。空気を読まなすぎだった。下町情緒といっさい交流するつもりがなかった。魔の塔。そう、それはまさに魔の塔だった。

私はスカイツリーが怖い。

東京のあのどこまでも平らな地面に上から雑にぶっ刺したみたいな風情が怖い。棒状のそっけない胴体の上に、付け足しのように丸っこい頭をつけた形状が、一つ目の怪物のようで怖い。あまりに背が高すぎて頂上のあたりが凍ってしまい、その氷がバラバラ落ちてきて人間を直撃するのが怖い。

いつだったか、何かの拍子にたどり着いた誰かのブログで、スカイツリーがいかに魔界の建築物であるかについての論考が熱く語られていた。いわく、江戸幕府は風水に基づき要所要所に神社を配し、関東一円に江戸城を中心とした巨大な結界を張っていた。ところがスカイツリーが建設されたことによりその結界が破れ、そこから水の妖怪が侵入してきたために、以後さまざまな水害がこの国にもたらされるようになった。あれが魔界の入口である証拠には、見よ、かの塔の高さは地下の部分を入れると高さ666メートル、聖書にも記された悪魔の数字ではないか。

今ではもう見つけることのできないこの電波系ブログになんとなしに説得力を感じるのは、あながち私がオカルト馬鹿一代だからというだけでもあるまい。

つい先日、太陽の塔を見た。

大阪万博の会場跡が公園になっていて、広大な芝生の広場の中央に、それはどんと立っていた。

遠くから姿が見えた瞬間、やっぱり背筋がぞわぞわした。これもまた巨大すぎた。縮尺が変だった。存在があまりに唐突すぎて、周囲の風景から完全に浮いていた。空気を読まなすぎだった。

けれどもそれは心おどるぞわぞわだった。太陽の塔は、塔というより人だった。だいいち顔がある。てっぺんと正面と背面と、三つもある。腕もある。今にもなにか話しだしそうに見える。夜中にあたりを歩き回ったりしていそうだ。

中にも入った。太陽の塔の内部は赤くて、曲がりくねった背骨があって、ますます人体だった。背骨から何本も枝が伸び、その合間に三葉虫や恐竜やマンモスやネアンデルタール人が浮かんでいた。この塔には何十億年ぶんの記憶もあるのだ。

太陽の塔とスカイツリーが闘ったらどうなるだろう。

大阪から歩いてきた太陽の塔がスカイツリーと対峙（たいじ）する。

にらみあう両者。と、突如スカイツリーの頭部から青白い光線が発射される。浴びたものすべてを凍らせる氷のビームだ。

だがビームは太陽の塔に到達する直前にジュッと蒸発する。いまや塔の体温は太陽と同じ数千度に達しているのだ。

太陽の塔のてっぺんの金色の顔がにわかに輝きを増し、湾曲した中央に光が集まりだす。誰もが灼熱光線の発射を予期して手に汗をにぎる。スカイツリー絶体絶命。

と、太陽の塔は歩み寄り、両腕をいっぱいに伸ばしてスカイツリーをハグする。スカイツリーの氷の心が溶け、両者は抱き合ったまま融合し、そうして新たな結界が誕生する。

きしもと・さちこ（翻訳家）「ちくま」7月号

のれん百人衆

鷲田清一

京都市立芸術大学に「のれん百人衆」という外部の人たちの集まりがある。芸術を学ぶ学生たちのために足りない備品を調達し、演奏や作品展示を資金面で援助する活動だ。その支援を受けた学生の成果発表会がこのほど3年ぶりに開かれた。

3年ぶりということもあって、出席者はいつもより多く、表情もこころなしかくつろいで見えた。学生の演奏を聴いて美術学部の教員らが、弦楽四重奏団がなぜ演奏開始の瞬間をぴたっと揃えられるのだろう、と感嘆していたのが愉快だった。人と合わせられないのが美術の人間だと冗談半分で言っていたが、その裏には、合わせなんかするものかという思いもあったのかもしれない。

このように音楽と美術では一見、正反対を向いているようなのだが、じつは美術の人も物とのかかわりにおいては、寸分の狂いもない仕事をする。正確で、繊細な仕事。その精緻さにおいては音楽も美術もない。

さて、このような学生支援の活動に「のれん百人衆」という、いささか古めかしい名前をつけたのは、当時学長の職にあった私なのだが、そこに込めた思いをすこし記しておきたい。

芸大で学ぶ学生には、羨ましくなるくらいに秀でた感性や能力をもつ人が多い。優れた素質があることを英語で「ギフティッド」というが、まちがいなくかれらは才能を「恵まれている」、「授かっている」。

もちろん想像を絶するような努力があっての技であることは言うまでもないが、一方でこの「天賦の才」は数えきれない先達があってはじめて花開く。音楽を例にいえば、楽曲を作った人、楽器を改良してきた人、音楽のさまざまな実験をしてきた人、さらに後進の指導にあたる人たちがいてはじめてその才能を磨けたのだろうし、何より家族の応援がなければその才能も埋もれたままであったろう。

そう、その才能は無数の先輩たちから授かったともいえるわけで、だからこそ、その同じことをこんどはじぶんたちが後代に向けてなすという責任もある。大急ぎでつけ加えておくと、その責任の大きさ、そしてじぶん自身への長期間の法外な投資に見合う収入を、多くの演奏家や交響楽団員は得ていない。

そしてその苦労をいちばんよく理解してもらえるのが、「のれん」を守ってきた人たちなのだとおもう。老舗なら「のれん」、新しい企業であれば「ブランド」。そういう《信頼》を守り続けてきた人たちに、それらがじぶんのものだという意識はない。あくまで「預かっている」という感覚だ。先代から引き継いだものを後代にもしかと伝えてゆく。わたしたちの代で終わらせてはならないというこの感覚、まさに「預かっている」という感覚である。

人の一生を超えて受け取り、手渡してゆくもの。それが文化であり芸術だ。「つなぐ」という視点からすれば、音楽こそまさに、散らばったまま現れてはすぐに消えゆく音を、消える直前でそれを次の音へとつないでゆくいとなみだといえる。ほうっておけば不在へとすぐに滑り落ちる出来事を消さずに保持しつづけること。音楽が葬送や送別の場で奏でられるのも理由がある。そのことをあらためて思わされた夕べだった。

わしだ・きよかず（哲学者）　「京都新聞」三月十二日

花ざかり　昭和の路地裏

伊藤比呂美

うちの近所のパン屋の隣に園芸屋がある。

そこの店員さんは、日当たりや水やりのコツを聞くと懇切丁寧に教えてくれるのだ。次のお客を待たせても話し込んでいるが、つまり一人一人に誠実に向かい合ってくれているわけで、高齢の客が引きも切らない。

かく言う私も若くはなく、独り暮らしで1日中誰とも話さない。パンを買うついでに草花の苗を買い、店員さんと友人のように話し込むと、その日1日の目的はこれだったような気さえする。

私の家は、マンションの1階で狭い庭がある。せっかく庭がついているのに私は園芸が苦手だ。何を買ってきてもすぐ枯らす。庭の日当たりはあまりよくない。雨が当たるところも当たらないところもある。その上私は植える植物より生える植物に興味があるので、雑草と呼ばれる草を摘み取る気にならない。

少し前のこと。あの園芸屋でペチュニア1株120円、3株で300円というのを見て出来心で買ってきた。空いた鉢に植え替え、日の当たるフェンスにかけ、毎日気をつけて水をやったらよく咲いた。庭が明るくなり、人生も明るくなったような気がして、私はまたペチュニアを買ってきた。

3度目に買いに行ったときには目移りしてベゴニアを買った。赤い花が四季咲きに咲く。ペチュニアよりやや日陰を好む。その次はチェリーセージを買った。赤い小さな花が散らばって咲くのである。

やがて庭が花だらけになった。通る人が立ち止まって眺めるようにもなった。わざわざ写真を撮る人もいる。それで私はいよいよ得意になって世話をする。前から庭にいた植物たちにも水をやる。枯れ枝を取る。そして泣く泣く雑草を抜く。このようにして、30年もほったらかしだった庭がみるみる息づいてきたのである。

日の当たるフェンスにはジャスミンやローズマリーが野生化している。

雨の当たる半日陰にはミョウガが伸び、ホトトギスが茂り、アジサイがまるい茂みになって花芽をつけている。見切りをつけて外に出した室内観葉の鉢たちが墓標みたいに並んでいる。

雨の当たらない半日陰にはゼラニウム。冬には零下5度まで下がったからだいぶ枯れた。今は枯れたことなどすっかり忘れて葉を茂らせ、ピンクの花を咲かせている。

去年の秋、あの園芸屋で買ったユリの球根を空いた鉢にいくつも植え込んだ。その茎がぐんぐん伸びて、今は太陽の方を向いている。ユリたちが必死の形相で太陽を求めるので哀れになって私は考えた。よく日が当たるのはフェンスの外だ。それでユリの鉢を庭の外、道の上、フェンスにぴったりつけて並べて置いた。歩道の上といっても歩道脇の側溝の上だ。田舎町の歩道は広くて充分(じゅうぶん)に人が歩ける。

実はこれが私の原風景だ。私は東京板橋の裏町の路地裏で育った。狭い路地裏の道にはみ出して置かれた草花が四季に咲くのを見てきた。

あの頃、昭和の人々がプランター代わりに使っていたのは発泡スチロールの箱だった。昭和30年代のことだから、その素材そのものが出始めだったんだと思う。人々はその便利さに驚愕(きょうがく)し、せっせとからし漬(づけ)やししゃもを食べ、ないしは空き箱をよそからもらってきて、草花を植え込んで家の前に所狭しと並べていたわけだ。

先日、東京杉並区の裕福そうな古い住宅地を歩いた。塀越しに見る木々がオリーブやゲッケイジュとおしゃれだったが、既視感のある光景も見た。家の前に花ざかりのプランターが道にはみ出している光景だ。でもそのプランターはどれも茶色や白のプラ素材で、からし漬の発泡スチロール箱なんて使われていなかった。今どきは板橋区の路地裏でもそうなっていることだろう。

昭和の頃、私は発泡スチロールの並ぶ路地裏の光景を、ぞんざいでなりふりかまわなくてみっともないと思っていた。

私の母もまたそういう箱にサクラソウやミヤコワスレを植えて咲かせて道に押し出していた園芸好きだったが、私が母その人に持っていた印象もまさにそうだった。

昭和のあの頃、母はぞんざいでがらっぱちで、なりふりかまわずに生きていて、ああはなりたくないと若い私は思っていたのである。

今は母のサクラソウやミヤコワスレがやけに懐かしい。今度は、といっても来年になるけれども、あの園芸店でサクラソウやミヤコワスレを買ってきて、鉢に植え替え、道の上に置いてみようとさえ思っている。

いとう・ひろみ（詩人）　「日本経済新聞」五月二十八日

四季から二季へ

時里二郎

私たちの季節感は、例えば『古今和歌集』の部立てによく表れている。全二十巻のうち季節の歌が六巻。そのうち春と秋は上下二巻、夏と冬はそれぞれ一巻という構成だ。春と秋は、その季節の移りゆきを繊細な編集をほどこして、その推移の情趣を一首ごとににじませて季節を進めていく。一方、夏と冬はあっさりと一巻仕立て。歌になるような風情を覚える景物が少ないからだろう。さらに春と秋の冒頭はそれぞれ、「春立ちける日によめる」「秋立つ日よめる」と、はっきりと立春と立秋の歌があって、その到来を待ち焦がれた思いが伝わる。それに対して立夏と立冬の歌はない。つまり、夏は秋までの過渡的な季節であり、冬は春を待つための季節というわけである。空調もない時代だから、夏冬はさぞ辛い季節だったに違いないからその心情はよくわかるし、私たちだって同じこと。

そう思えば、今年の尋常でない猛暑・酷暑の連続、どこまでも続く残暑（立秋以後の暑さ）。もはや炎天下では生命が危うい――まるで近未来の地球を描いたSFを地で行くような様相だ。熱中症警戒アラートや、各種の特別警報など、耳慣れない気象用語も今では日常語になりつつある。

少し前までは、やりすごす季節だった夏と冬が異様に長く続き、春と秋が痩せ細る。もはや四季とは名ばかり、夏冬二季の世界になってしまうのだろうか。

これは私たちの生活のみならず、この国の文化の基礎をゆるがす大きな問題になりうる。短歌も俳句も現代小説においても、四季は心の表現と深く結びついている。

ところで、気象異常による季節のズレと無関係な自然が一つある。月である。月ばかりは『源氏物語』の時代と同じ暦の日に見ることができる。今年の中秋の名月は九月二九日らしい。その月を千年前の光の君も時代こそ違え、同じ季節の日に見たことになる。

『百人一首』の藤原顕輔のよく知られた歌。

秋風にたなびく雲の絶え間よりもれ出づる月の影のさやけさ

さてその日、雲の間から顔をのぞかせた月の澄んだ光を、私たちはどんな秋風を感じながら愛（め）でることになるのだろうか。季節のズレを測るまことに無粋な宿題だが、古典の時代と現代の季節感を測り直して、私たちの五感を試すよい機会にもなるのでは。

ときさと・じろう（詩人）「京都新聞」九月二十五日

男性と化粧の五〇年

山村博美

ここ数年、男性のメイクが盛り上がりを見せている。私は本屋に行くと必ず雑誌の棚をチェックするのだが、表紙を飾る男性アイドルたちのメイクが変わってきたと感じている。以前は、化粧を意識させないナチュラルメイクが多かったのに、今はピンクやオレンジの口紅をつけて、メイクしているのを隠さないジェンダーレスな顔が増えてきた。

最近では街を歩いていると、眉を上手に描いて、ファンデーションをつけた若い男性をみかけるようになった。それではと、ユーチューブを検索すると、初心者向けから上級者用まで、メンズメイクのハウツーを教える動画が驚くほどたくさんヒットする。

「化粧文化」が研究テーマである私も、このところの男性メイクブームに注目しているひとりである。実際にメイクをしているのはまだ少数だが、男性の美意識がようやくここまでたどりついたと思うと、感慨もひとしおだ。男性用化粧品が大々的に売り出されたのは昭和四〇年代なので、かれこれ半世紀以上かかった計算になる。

思い返せば、昭和の男たちには「男らしさ」が求められていた。私が今も印象に残っているのは、昭和四〇年代半ばにオンエアされた総合男性化粧品「マンダム」のCMである。若者だった団塊世代をターゲットにしたこのCMは社会現象になり、まだ子どもで化粧に縁がなかった私も、この時「マンダム」という商品名を覚えた。

CMでは荒野を舞台に、ハリウッドスターのチャールズ・ブロンソンが、ヒゲを生やしたワイルドな姿で馬に乗って登場。そこに「男らしさとは、男臭さとは。男のドラマを演出する新しい男性化粧品。マンダムは男の体臭」というナレーションが流れる。

男、男のオンパレードで、今の感覚だとかなり滑稽に思えてしまうのだが、雄々しさがあることが、昭和の理想の男性像だったことはよくわかる。「格好いい男には化粧が似合う」とCMではアピールできたものの、当時の男性が使っていたのは、整髪料とシェービングクリームがせいぜいだった。昭和末期に、はじめて男性用のメイク品が発売されたが、あっという間に姿を消してしまった。

景色が変わってきたなと感じたのは、平成になった一九九〇年代だった。一言でいうと、若い男性があか抜けてきたのだ。キーワードになったのは「清潔感」だった。昭和末期に巻き起こった朝シャンブーム以降、若者の清潔志向に拍車がかかり、その延長で男性が化粧に関心を持ちはじめたのである。

例をあげると、汗臭さや男臭さは不潔なものなので、デオドラント効果のある制汗剤を使って体臭を消す。キレイな肌でいるために化粧水をつける。毛抜きで眉の形を整えて清潔感を出すといった具合である。

九〇年代後半、仕事で会った二〇代の男性に、何気なく「今何か化粧品使ってますか？」と尋ねたことがある。「はい」と答えて、ビジネスバッグから取り出して見せてくれたのはチューブ入りの洗顔料だった。「肌が脂っぽいのが嫌なので、昼休みに洗い直すんです。夏にはスネ毛も剃ってます」。なるほどこれが平成男子の美意識かと妙に納得したのを覚えている。

若い男性がスキンケアや眉の手入れをするのは、平成の間に特別なことではなくなった。そして令和の今、一〇代から二〇代の男性がメイクに挑戦しはじめた。Ｋ－ＰＯＰの男性アイドルの影響だったり、自分の顔が映るオンライン会議がきっかけだったりと理由は人それぞれだが、今の日本が多様性を尊重する社会に変わりつつある中、メンズメイクも自己表現のひとつという理解が進んだことが、このブームを支えている。男らしさを強調した五〇年前と比べると隔世の感があるが、時代とともに化粧も変わっていくのだ。

それでは未来はどうなるのだろう。「将来は男性もメイクするのが当たり前になるんですか?」とよく聞かれる。今の感じだとブームが去っても、「メイク男子」がいなくなることはないと思っている。これからは興味のある男性が普通にメイクを楽しめる時代になるだろう。メイクによって新しい自分を見つけたり、自分に自信を持つことができるなら、それだけで意味はある。けれど同時に、男性のメイクは女性のように「身だしなみ」の呪縛にとらわれてほしくないという思いも持っている。

「身だしなみ」という言葉は、数百年にわたって女性の化粧を束縛してきた。「身だしなみだから化粧(メイク)するのがあたりまえ」は、女性に課せられた暗黙のルールである。今はもう好きにしていいと頭ではわかっていても、仕事の場で、就活の場で、「身だしなみ」と言われると、やっぱり無視できないのが現実なのだ。

だから私は、「男のメイクは今や身だしなみのひとつ」などというフレーズには抵抗感がある。メイクはスキンケアと違って外見に現れるものだけに、「身だしなみだからしなければならない」という罠にはまらないでほしいと思うのだ。極端な話、男子大学生の就職セミナーに「就活メイク」が組み込まれ、同じようなメイクをした学生が量産される未来など見たくない。

今はじまったばかりの男性のメイクは自由であってほしい。趣味のひとつとして楽しんで、飽きたらすぐにやめられる。そんな向き合い方であってほしいというのが、私の偽らざる本音なのである。

やまむら・ひろみ（化粧文化研究家）「群像」4月号

分けあう若者たち

小佐野　彈

「老害」という言葉が嫌いだ。老人対若者という二項対立を煽（あお）る風潮にも疑問を感じる。年配者の多くは立派だし、若者は羽目を外しがちだ。ただ、「温泉」での振る舞いについては、若者に軍配を上げたくなることが多い。

「温泉ソムリエ」の講座で「若者の入浴マナー」が取り上げられたことがあった。講師は「温泉ソムリエの皆さんはぜひ若い人に入浴マナーを教えて差し上げて下さい」と言っていた。

日本滞在時、僕はかなりの頻度で湯巡りをしている。コロナで海外渡航がしづらいこともあってか、ここ数年、温泉地で大学生や20代前半くらいの若者を見かけることが格段に増えた印象がある。共同浴場や宿泊施設の大浴場で彼らとたびたび居合わせるが、今のところ、眉をひそめるようなマナーの若者には出会（でくわ）していない。若者の多くは入浴前に丁寧に体を洗い、しっかりかけ湯をしてから浴槽に入る。湯上がりにはタオルで体の水気を拭(ぬぐ)っているし、脱衣場のカゴをいくつも占有したり、床を水浸しにしたりするようなことも少ない。

むしろ、最近少し気になるのは、年配の方々の入浴マナーである。この冬だけでも僕は、20近い温泉地へ出かけたけれど、体を洗わず、申し訳程度のかけ湯をしただけで浴槽にドボン、という場面は9回見かけた。中には、かけ湯すらしない人もいた。そして残念ながら、9名は全員、人生の大先輩と思(おぼ)しき方々だった。衛生面の問題もあるけれど、年配の方が寒い冬に、かけ湯もせずいきなり熱い湯に入るのは、ヒートショックのリスクが高く命に関わる場合もあり危険だ。

湯船で人々を観察する中で、もうひとつ発見があった。年配の方の多くが浴槽の真ん中や湯口のそばで体を伸ばしてくつろいでおられるのに対して、若者たちは広い浴槽の隅や人目につきにくい場所を選んで落ち着くことが多い気がするのだ。無論、あくまでも僕の印象にすぎない。

先週露天風呂に浸(つ)かっている時、子供の頃に誰かから聞かされた〈いつかはクラウン〉という昔日の流行語をふいに思い出した。高度成長期を生き、バブル経済も経験している僕の親の世代は「所有」や「占有」への意識が強く、〈いつかは○○〉という健全な「上昇志向」が世代の通念となっていたのではないだろうか。
一方、今の20代以下の世代は、環境問題が顕在化した時代に生まれ、経済成長は実感できず、原発事故で計画停電や節電が当然という時代に育った。終身雇用や年功序列が崩れ去った労働市場では、〈ナンバー1〉より〈オンリー1〉であることが尊ばれる。実質賃金が上がらず、雇用形態も変わった揚げ句、パンデミックまでやって来た。
彼らが（そして僕らが）生きているのは、「ルームシェア」や「カーシェア」が当たり前となった社会である。「所有」や「占有」ではなく、限られたパイを「分け合う」意識がなければ、不確実性の時代を生き抜けない――。その真実に、若者たちの多くが気づいている。

ひつそりと熱を分けあふ男子（をのこ）らの肌（はだへ）みづみづしく染まりたり

若者たちの入浴マナーを見習って、僕も湯を「分け合う」意識を持ち続けたい。石油や天然ガスと同じく、温泉だって限りある貴重な資源に他ならないのだから。

おさの・だん（歌人）　「日本経済新聞」二月九日・夕刊

「おいしい」のリハビリ

寺本　愛

本来なんでも「おいしい」と思える人間のはずが、なにを食べても「おいしい」と思えなくなったのは今年の夏のことだった。どういうことかというと、なにかを食べて「おいしい」と思う度に、「本当においしいと思っているのか」とか「おいしいと思っていいのか」とか「身体によくないんじゃないか」といった、「おいしい」を打ち消すいろんな言葉が頭に浮かぶようになってしまった。そうこうしている間に最初に感じた「おいしい」はどこかにいなくなってしまう。

例えば、カフェで注文したコーヒーを「おいしい」と思いながら、同時に「カフェインを摂ってしまった」と思う。ちょっと甘いものを、と一緒に注文したバウムクーヘンも「おいしい」と同時に、「砂糖がたっぷりで添加物も入っていて身体によくないなあ」と思う。かといって自分で作ったヘルシーな料理を食べても、「おいしい」と同時に「健康的＝おいしいと思い込もうとしているだけで、本当のところはおいしいと思っておらず、我慢して食べているのではないか」と疑ってしまう。

このような「おいしい」の揺らぎは、数年前から食事を見直し始めたことで生じていると思う。十代の頃から悩んでいた肌荒れを改善しようと、身体に悪いと言われる食品を避け、一時期は完全に断つほど熱心に取り組んでいた。その後肌荒れは改善し、いまは基本的にはなんでも食べてよいとしている。自分自身に禁じていたものを再び食べられるようになったことに喜びを感じているし、その味を確かに「おいしい」とも感じている。しかし同時に、先に書いたコーヒーとバウムクーヘンのように、「本来避けるべきもの、身体によくないものを食べている」という気持ちは常にどこかにあった。

夏頃からその揺らぎが悪化し、「おいしい」は戻ってこないどころか最初から現れもしなくなってしまった。そうすると口に入れた食べ物の栄養価に安心したり、原材料名に後悔したりすることが「食事」となる。「おいしかったなあ」になれない食事が続くことで、食べることとは基本的に身体に悪影響をもたらす行為で、それをなるべく緩和させるために料理をする、というおかしな認識に陥りかけていた。

見失った「おいしい」を求めて暗闇を彷徨うような日々だったが、時々「おいしい」がひょっこり戻ってくることもあった。それは人と一緒に食事をしたときで、そのときだけはなにを食べても「おいしかったなあ」になれた。そこには多少の揺らぎはあっても、それを大きく包み込んでくれる「楽しい」がある。

誰かと一緒に食べるのは楽しくて「おいしい」。ただそれだけのことだが、そのときの自分にはひとりでの食事とのコントラストが強く、何度かそのような機会があったおかげで「おいしい」食事は「なにを食べるか」だけではなく「どう食べるか」でもあることを思い出すことができた。つまり、ひとりでも楽しいと思える食事にすればいい。それ以来、この文章を書いている現在まで「なにを食べるか」はあまり考え込まないようにして、「どう食べるか」を工夫する方向で様々な試みを続けている。

料理の意欲が底まで落ちていたので、まずはスーパーで買ってきたミニトマトを、洗ってそのまま食べるのではなく、氷を入れたボウルでしっかり冷やしてから氷と一緒にお皿に盛って食べてみた。こうして書くのが恥ずかしいくらいの些細なことだが、ものすごく鮮やかに「おいしい」と思えたのだ。それは料理のひと工夫がうまくいった喜び以上に、日常に潜む惰性に気付き、抗うことができたという感動をもたらしてくれた。

ほぼ毎朝食べている納豆ご飯も、これまでは生卵を足すか足さないかくらいで惰性で食べていたのだが、納豆に小ネギやかいわれ大根を合わせたり、玄米に変えてみたり、生卵ではなく卵焼きにするなど日々ささやかな変化をつけると、それだけでも「おいしく味わおうとしている」自負が生まれる。そして「パンを食べるよりは胃腸に負担をかけず、またたんぱく質も摂取できるから『おいしい』と思い込もうとしているんじゃないのか」という疑いの気持ちは弱まり、まっすぐに「おいしい」と思える。習慣へのほんの少しの抵抗によって、毎朝の納豆ご飯をいつも初めて食べるように味わえる。「おいしい」を鮮やかに感じられるのだ。

「惰性」というと悪いものに聞こえるが、言い換えればストレスを感じずに行えることでもある。年月をかけ培って得た「習慣」は自分自身を安心させ、穏やかに日々を過ごすための大切な土台でもある。だから習慣を無理に一新しようとしたり、日々の生活を圧迫するほどに労力をかける必要はない。これまで無意識に行えてきた範囲にあるものに、少し変化をつけてみるだけで良いのだと思う。食事に限らず、日々の生活のなかでなんとなくのっぺりと時間が過ぎていると感じることがあれば、それは抵抗のチャンスなのかもしれない。小さな抵抗によって習慣は単なる「繰り返し」ではなくなり、昨日でも明日でもない「今日」が鮮やかになる。ささやかながらも毎日を生まれ直しているような気持ちになれるのだ。

最近は家の中で食事をする場所も変えている。キッチンの流しの横で食べたり、寝室にしている和室では正座して食べたり、天気が良い朝は窓際で納豆ご飯を食べたりしている。お盆を持って家の中を移動するのはへんてこなピクニックのようで楽しい。今後もこのような「おいしい」を取り戻すための試みが続くと思うが、たぶんこの調子で大丈夫なんじゃないかと思っている。

てらもと・あい（アーティスト）「群像」12月号

「おっぱい足りてる?」

燃え殻

「おっぱい足りてる?」

六本木の繁華街からちょっと外れたところで、キャッチの男から元気にそう声をかけられた。コロナ禍が無理やりひと段落し、街が正常に再稼働しつつある中、キャッチの男たちもまた、街に戻ってきたみたいだ。

僕は久しぶりに徹夜で原稿を書いて、それが書き直しになるという事態に陥り、全身で「焦ってます!」を体現しながら、六本木の路地をガツガツ歩いていた。原稿ができなくても、ラジオの収録にはいかなくてはいけない。なんなら原稿もラジオもやって、さらにもう一本なにかで稼がないと生活が安定しない。そんな現実があるのに、最初の「原稿」の時点で、すでに行き詰まってしまっていた。

「おっぱい足りてる?」

そう聞いてきたキャッチの男は、コロナ禍に陥る前、六本木の道沿で何度も何度も声をかけてきた人だった。

「足りてないけど、揉む余裕がないんです……」と、思わず怒りと哀しみの間くらいのテンションで、男に無駄に心情を吐露してしまう。男は柄にもなく心配をしてくれ、「顔色、真っ白ですけど大丈夫すか？」と優しく言葉をかけてくれる。

「まったく寝てないんです」

歩きながら、僕は主治医に伝えるかのごとく返す。

「マジっすか……。ちゃんと休んでくださいよ。俺も一回コロナになってから、なんだかずっと体調悪くてさ……」と、お互い健康第一でいこうねくらいの話でまとまり、横断歩道を渡る頃には、ＬＩＮＥアドレスを交換するまでの仲になっていた。都会にもまだこんな交流が残っていたのかと感慨に耽りながら、僕はＪ－ＷＡＶＥがある六本木ヒルズに向かった。

昔、工場でアルバイトをしていた頃、同期の男で、新興宗教とマルチ商法の両方に同じタイミングで引っかかっている人がいた。生き馬の目を抜く大都会東京で生きていくにはピュアすぎる男だったが、こちらを無理やり勧誘してくるわけでもないので、普通に仲良くしていた。

ただ、朝出勤してロッカールームで会うと必ず、「お金貸してくれない？」と聞いてくるのが面倒だった。おはようの挨拶と同じテンションでお金を借りようとする、図々しさも持ち合わせたピュアネスだった。僕は毎朝、「無理っす」と短く返していた。すると同期の男は、「ウッス！」と元気に笑って、「昨日のドラマ観た？」と普通の雑談が始まる。これが工場に勤めていた頃の、僕たちのモーニングルーティーンだった（下界中の下界）。

僕が工場を辞める日、その同期の男は花屋で小さな花束を買ってきて、プレゼントしてくれた。そして「コホン」と咳払いを一つしてから、「お金貸してくれない？」と改まって言われた。僕はヘッドロックをかけて、さよならを告げたあと、千円貸した気がする。もう二十五年以上前の話だ。

Ｊ－ＷＡＶＥの収録が無事に終わって仕事場に戻るタクシーの中、あのキャッチの男からＬＩＮＥが一件届いていた。なかなか気遣いができる男だなあと、感心しながらＬＩＮＥを開くと、「おっぱい足りてる？」の一行だけが送られてきていた。貴様。僕は静かに彼とのトークを削除して、その日も結局朝方まで原稿を書いた。

もえがら（作家）　「週刊新潮」4月27日号

追悼 黒田杏子❖

黒田杏子先生を悼む

夏井いつき

2月下旬から、母がものを食べられなくなった。水分と栄養を補給する点滴だけで3週間以上。お世話になっているグループホームでみとりたいと決め、その容体を気に掛けつつ暮らしていたものだから、黒田杏子先生の訃報が突然届いた夜、一瞬脳が混乱した。まさか、母より先にセンセイが…と絶句した。

＜桜より十日も早き夜の訃報＞（いつき）

私のパソコンのデスクトップには、1枚の写真が貼り付けてある。昨年8月に刊行したエッセー集「瓢箪（ひょうたん）から人生」（小学館）の愛読者カードの1枚だ。流れるような文字でこう書いてある。「こんなにほめて頂いて恐縮です。150p～163pに書かれている者です。ありがとうございました」と。山のような枚数の愛読者カードの中に、これを見つけた時も、脳が混乱した。誰?と思った瞬間、明らかに杏子先生の筆跡だと気づいた。

私はこの本に、師とは「一本の鋼のごとき『錨(いかり)』」であると書いた。表現の大海に身を漂わせていると、さまざまな迷いも生じてくる。やろうとしていることが、これで実現できているのか。そもそも、やろうとしている方向性に間違いはないのか。そんな時は、この「錨」が命綱なのだ。

例えば、杏子先生のこの言葉。「季語は結球しているべきなの」

あの時、先生は目の前の菓子皿を目の高さに上げ、求肥(ぎゅうひ)の奥に透き通る桃色の餡(あん)を指さしつつ、「ね、こんな具合に、一句のどこから見ても、季語が結球して見えなくちゃいけない」と。

＜身の奥の鈴鳴りいづるさくらかな＞（杏子）

私は、長い間、先生の句座に定期的に参加できる境遇にはなかった。自学自習しつつ、投句を通してコツコツ学ぶしかなかった。数年に一度参加できるかできないか、直接学べる機会は多くなかった。が、その都度、何らかの宿題を手に入れ、次にお会いできる数年後までに、自分なりの結論を探る。そんな悠長な弟子だった。が、真摯(しんし)な弟子でもあったと自負する。「志を高く」「五感のアンテナを立て」「季語の現場に立つ」「季語を結球させる」等、先生の言葉は、美しいくさびのようにわが胸にある。

師の言葉もその作品も、永遠に在り続ける「一本の鋼のごとき『錨』」。現世における死によって、これらの存在や価値が変わるものではない。妨げられるものは一切ない。と、分かってはいるのだが、ひたすら寂しい。ひたすら切ない。悲しみが鈴のように鳴りやまない。

なつい・いつき（俳人）　「北海道新聞」三月二十四日・夕刊

身銭を切ったユーモア

村松友視

六十年余も前のはなしだが、私の遠い親戚にあたるオバアチャンが九十歳の誕生日を迎え、親類縁者がお祝いに馳せ参じたその場面でのこと。とりあえず祝いの言葉を向けたあと、一座の面々は老齢者に対する言葉の継ぎ穂が見つからず、沈みがちの雰囲気につつまれたまま時がすぎた。

すると、オバアチャンがいきなり、「みんなちっとばかきいてくれるかね」と、甲だかい声を発した。皆々は、ビクリとしてオバアチャンへと顔を向け直した。

「あたしゃ、かねがね死ぬ前に一度みんなにきいておきたかったんだがね……」

こりゃ、遺産につながる話でも出るのか……一座の面々は、緊張しつつ固唾を呑んで次の言葉を待った。オバアチャンは、一座を焦らすような間をとったあと、

「……あたしゃオジイサンだっけ？　オバアサンだっけ？」

とのたもうたという。一座の面々は仰天し、オバアチャンはついにここまできちゃったのか……という思いで涙ぐみ、沈黙した。オバアチャンの質問は、誰からの答も得ぬまま、やさしくもみ消された。皆々は、慈愛の目を向けることに終始し、誕生祝いの宴は何となくおひらきとなった。

九十歳という年齢が、現在(いま)よりはるかに長寿のイメージをまとう時代のことでもあり、親類縁者たちの反応は、きわめて常識的であったのだろう。そして、長寿時代となった今日においても、老齢者イコール弱者であり、その衰えにはやさしさといたわりをもって対すべしという通念に、さらに拍車がかかっているけはいだ。この傾向への異論など、もちろんない。

だが、そこから見落され見逃されやり過されがちなのが、老齢者の身銭を切ったユーモアではなかろうか。遠い親戚のオバアチャンが、沈みがちな一座に活を入れるべく放った、自分をネタとする達人的ギャグが、慈愛の眼差しに吸い込まれ不発となってしぼむのは、いかにも寂しいなりゆきだ。それに、老齢になるほどに、男と女の貌(かお)の区別があいまいになるケースを思いかさねれば、オバアチャンの一座への質問は、シビアな自己観察のあげくの切実な問いかけの色をもおびてくる。そして、老齢者の特権的ユーモアと老齢者の衰えとの境界線は、きわめて厄介で正解が求めにくい。

遠い親戚のオバアチャンによるひとセリフの奥は、かくも果てしなく謎深いのであります。

――むらまつ・ともみ（作家・エッセイスト）「オール讀物」7月号――

red socks dreamin'

内田也哉子

父の遺品整理をしたのは、4年前のこと。生前一緒に暮らしたこともない人の極私的空間に分け入り、部屋の隅々まで物色するなんて、この世で最も避けたい行為のひとつだった。

おずおずと父の住まいの玄関を開けると、生活感のない部屋に少し拍子抜けする。ところが、一歩進むと、おびただしい数のスーツやコートがハンガーラックに脈々と連なり、行く先が霞むほど。床に目をやると、本、雑誌、新聞の山々が整然とジャンル分けされている。

そこに漂うのは、父を思い出すときに真っ先に知覚する、あの匂い。彼は生涯ただひとつの香水を身にまとい続けた。ある時、その香水が廃盤になると知り、可能な限り在庫を買い集めた結果、おびただしい数の同じ瓶が、製造工場のごとく整列している。それはまさしく、彼の偏愛精神を体現した有り様なのだ。

奥に進むと、大きな3段チェストが目に入る。息を殺して1段目の引き出しをそっと引いた。中には、赤い靴下が一面に敷き詰められている。一体、何足あるのだろうか、数える気にもならない分量だ。2段目の取っ手に手をかけた。また、赤い靴下だけがぎっしりと詰まっている。まさかと思いつつ3段目の引き出しに触れたその時、奥からさらなる赤い靴下たちが溢れ出て、まるで命ある生き物のように蠢(うごめ)きはじめた。あっという間に私の足元は埋め尽くされ、辺りは赤い靴下の海と化し、そのまま私は海中に潜り込んだ。赤く、紅い世界へ。

ある晴れた日の昼下がり、美術家・横尾忠則さんのアトリエを訪れた。ミントグリーンの門を開け、真っ先に目に飛び込むのは、建物から生える鮮やかなレモンイエローのラインだった。中へ通されると、庭一面の窓から自然光が降り注ぎ、壁にはいくつもの描きかけの巨大なキャンバスが所狭しと立て掛けられていた。

「僕はね、難聴で聞こえないから、これで話しましょう」

私には割り箸の先に括りつけられたピンマイクが手渡され、横尾さんのほうは、トランシーバーから伸びるイヤフォンを片耳に差し込んだ。私たちの距離は1メートルそこそこなのに、なんだか宇宙人と交信しているようなトキメキを覚えた。

「裕也さんとはね、60年代からの古い仲で、ある時たまたまお互い同じメーカーの赤い靴下を履いてたら、彼が突然『横尾さんのと取り替えっこしてくれませんか?』と言ったの。それで取り替えたらさ、彼が履いていた靴下はガーゼみたいに薄くなってて、えー!　って。僕のは結構新しかったのに」

横尾さんが、それはついこの間の出来事だったかのように話しながら苦笑する。

「ほんと、子供みたいなの、裕也さんて。お葬式でさえ赤い靴下で通したよね。でもね、ものを作る人は頭で考えず、体自体が表現体なんだよね。彼はまさしく芸術の重要な核のインファンテリズムを持ってたんだ」

「横尾さんもそうですか?」

「そうね、僕もそういうとこある」

不意に、少年の忠則くんと裕也くんが鬼ごっこする情景が浮かんだ。

「まだ携帯電話なんかない頃、僕が四国のホテルにいたら突然、裕也さんから電話がかかってきて、いきなり怒るの。僕を探し出すのが大変だったたって。ようやく僕がいるホテルを突き止めて電話したら、オペレーターに不審がられて、部屋へつないでくれないから喧嘩したたって。

そんなに必死に探すなんて、僕にどんな用事があるのかと思ったら、『今ニューヨークに居るんだけれど、MoMAに横尾さんのポスターが展示してあるのを見て、嬉しくなって電話したんだ』って言う。こんな大げさなこと、彼しかしないでしょう。なんだかすごい友情を感じたよ」

私は横尾さんに会うのは人生で3回目だけど、横尾さんという表現体は確実に私の原風景にいる。幼い頃、一人で留守番をしていた私が夢中になったのは、母の書庫にあった横尾忠則画集だった。そして、何度引っ越しても必ずわが家の最も居心地の良い場所に君臨していたのは、横尾さんが描いた、父が生涯ライフワークとして主催していたニューイヤー・ロックフェスティバルの記念すべき第1回（1973年の大晦日〜74年元日）のポスターだった。その画面にはヒマラヤ山脈、富士山、ピラミッドがそびえ、頭がトラで胴体がウシという生き物（丑年から寅年へ替わる）が滝を横切っている。空には内田裕也が飛び、山の頂にジョン・レノンの顔が彫られている。

私はアートというものを認識する以前に、横尾さんの画集やポスターから、目に見えないものの存在や創造の翼を教えてもらったのだ。そしてどうやら、あの父も得体の知れない世界の住人らしい、と空想した。

「僕の知りうる限り、同じく幼児性を核に持つ人はもう1人、三島由紀夫さんくらいかな」

ひょいと登場したビッグネームに、自分のリアリティーが異次元へシフトした。

「僕のことを三島さんがよく気にかけてくれたのは、その部分で通じていたからだと思う」

あの三島由紀夫から「横尾くんの作品は無礼だ」と言われたそうだ。それでいい。けれども最も大切なのは、礼儀礼節を磨いた人間性だ。創造の縦糸と礼儀礼節の横糸が交わる点から生まれる作品は霊性が高い。この世俗世界に認められなくてもいいけれど、天に認められる作品を作りなさい――と、こんこんと説かれたという。

「裕也さんて、一見、礼節がなさそうだけど、実は礼節が一番ある人。だからもし三島さんが生きてたら、通じ合えたと思うよ。それと、裕也さんは損得勘定なく自ら進んで世間に抵抗していく人だったけど、僕の場合は人生ずっと他力本願なの。自力本願なのは絵を描く時ぐらいでちょうど良い」

本人曰く、横尾さんはものを考えない子供として育った。自立精神がなく、愛のコントロールを受けたから、主体的にことを起こそうという気がないそうだ。人の言いなりって便利だなとさえ言う。

そもそも生まれた時から運命に従う人生だった。自分が養子だったことを知ったのは高校生の時。それはさぞかし衝撃的体験だったかと思いきや、思ったのは「案外そんなもんか」。感傷的にはならなかった。養父母はとにかく猫可愛がりしてくれた老夫婦だったが、二人とも横尾さんが20代の時に他界した。幼少期は親の死を何よりも恐れたが、それが現実になると、「やったー！ これでやっと大人になれる」と解放感を味わった。

物心ついた頃から絵を描いてきたが、職業にはしたくなかった。ほんとは郵便屋さんになりたかった。他人の手紙を遠くの誰かに届けるなんて、まるでロマンティックな天使のよう。でも忠則くんは、どんな時もやってくる運命に従った。

高校の先生から「郵便屋にならず、美術学校へ行け」と言われ「はい」と頷いた。しかし、受験直前に突然、美術教師から「明日の入試は受けないほうがいい」と宣告されれば、理由も聞かず素直に「はい」と田舎へ帰る。地元の印刷屋に勤めた時は配達中の印刷物を雨でびしょ濡れにし、クビになるも誰にも言わずにいた。せっかく電車の定期券が残っていたので、用はなくとも黙って出かけ続けた。喫茶店で開催する5人展へ作品を出したら、神戸新聞社の人が立ち寄り、うちで働かないかと声をかけてきたので「はい」。先輩から「ある女の子が君を紹介してほしいと言ってるので会うか？」と聞かれて「はい」と会い、1週間後には同棲していた。横尾さんも気になっていた女の子だったのだ。その泰江さんとは、なんと今年で結婚66年目。

横尾さんにとっての「はい」は、人生の扉を次々と開けていく魔法の言葉だった。まるで、ジョン・レノンがオノ・ヨーコの個展で、はしごを登り、虫眼鏡で発見した、あの天井に書かれた〝ＹＥＳ〟のように。

「僕と奥さんは一回も観念的な会話をしたことがないの」

私は思わず絶句した。私など、19歳で夫と一緒になってからずっと観念的な会話ばかりで、その都度うまく折り合いがつかないと喧嘩ばかりを繰り返してきたのだから。

これほど平和な夫婦関係がこの世にあるなんて！　私たち夫婦はなんと無駄な時間を費やしてきてしまったのだろう……と羨望と自戒のため息。項垂（うなだ）れる私に横尾さんは、大自然は図らずともそれなりに調和が取れていて、人はなるべく知識や考えに頼らず、自然にあるがままに生きるのがいい、と言った。

「人が観念を突き詰めていけば、破壊に向かう可能性があるし。僕は絵を描いていれば、それでいい。めんどくさい事はしたくない。毎朝、僕がアトリエへ出かける時、玄関先で奥さんが持ち物を確認してくれるの。鍵持った？　財布持った？　靴下ちゃんと履いた？　って。それがすごく助かるの」

微笑む顔がまるでいたずら少年のようだ。

「僕は、社会と一体化して生きていない」

では、どんな世界に住んでいるのか？

横尾さんのとても狭い世界は、宇宙まで突き抜ける広大無辺な世界。この社会は五感で感じる世界で、自分としては解明できない世界に興味があり「わからない」ことが原動力。だからこそ、運命はすんなり受け入れるというのだ。

「しゃーないやんけ、なるようになる」

なんて安堵を覚える響きだこと！

横尾さんが初めてニューヨークの地を踏んだのは１９６７年。時代はベトナム戦争、ヒッピーやサイケデリックムーブメントで混沌とし、若者の意識が猛スピードで変化していた。「この年に行ってなければ、今の自分はなかった」と断言するのも無理はない。渡米してすぐにアンディ・ウォーホルとファクトリーで出会い、ジャスパー・ジョーンズ、ロバート・ラウシェンバーグなど、次々とポップアートの洗礼を受けた。当時グラフィック・デザイナーだった横尾さんは「商業的アートではなく、シリアスアーティストになるべきだ」と誘われたが、この時は興味が向かわなかった。ただ、20日間の滞在予定が、気づけば４ヶ月が過ぎ、心配した泰江さんが日本から迎えに来た。

その13年後、稲妻に撃たれたかのように突如、画家へ転身する。ニューヨークとは何度も行き来をしていたが、ひょんなことからMoMAで催されていたピカソ展を訪れた際、その瞬間はやって来た。ピカソの作風が昨日と今日で劇的に変化する自由さに「なんなんだ！　スタイルなんてなくていいんだ。僕は素直に生きてないじゃないか!?」と衝撃を受けたのだ。MoMAを出る頃には、横尾さんの決心はついていた。東京に戻るとすぐギャラリーへ行き、絵の展覧会をさせてほしいと直談判した。ちょうどその場に居合わせた新聞記者が、これを「横尾忠則、画家宣言」という記事にした。絵の描き方も知らないまま、無謀な転身にも思えたが、横尾さんによれば、「あれは他動的な力が働いて、また運命を受け入れるしかなかった」。

あれから43年を経た画家人生は、きついことのほうが多いと言う。

「もうねぇ、しんどいから描きたくないの」

絵を描くことは、修行に似ている。描く時はなるべく考えず、心を空っぽにする。それは現代美術の最先端にあるコンセプチュアルアートの対極でもある。

「だから、競争相手がいない自由さはある！」

2023年秋に、東京国立博物館で、「寒山拾得（かんざんじっとく）」を独自に解釈してきたシリーズの新作で、「寒山百得」と銘打った自身の最大のシリーズを発表する。なんと1年で100点もの新作を仕上げたのだ。描く気力も体力も一番あったという40代でも仕上げたのは年に36枚だったという事実が、とんでもない力に突き動かされている86歳の今を物語っている。横尾さんがテーマとしている寒山と拾得とは唐の時代の伝説の僧侶。

「自由の権化のお坊さんだから、何を描いたっていい。ほら、そこに映画『ランボー』のスタローンと、詩人のランボーと、江戸川乱歩の絵があるでしょ」

これまた自らテーマを決めつつ、それをも拒絶し、ともすればダジャレとも取れる縦横無尽さ。

「とにかくね、軽いのがいいの。目指すところは、どんどん軽くなること。自分も、絵も。それこそ落書きみたいな軽やかさ。でもそれって、むしろ難しい。『いいかげん』って、『良い塩梅(あんばい)』でしょ？」

また、少年のように瞳を輝かせた。

「也哉子さんは、46歳だっけ？ 僕は45歳で画家に転身したから、あなたもこれから楽しみだね。なんだか今日は、裕也さんも、希林さんも一緒に来てくれた感じがする……」

通信機のスウィッチを切り、アトリエを辞すると、夜のとばりが降りかけていた。今し方まで感じていたはずの時空がふと軽くなり、すべては夢だったのかもしれないと、思わず来た道を振り返った。


うちだ・ややこ（エッセイスト・翻訳家・作詞家）

「週刊文春WOMAN」2023春号
『BLANK PAGE 空っぽを満たす旅』2023年12月 文藝春秋

自分の言葉を

三木　卓

文章を書いて生きてきた。そういうことが自分に向いているとかいないとか、そういうことをあまり考えたことはなかった。

小学生だったころ、作文が得意だったわけでもない。わたしの小学生時代は、戦争教育で、なにをやるにしても、戦争が一番前に出てきた。図画工作の時間でも、戦争画をかく以外のものはなかった。敵の戦艦を攻撃するゼロ戦なんていうのが、あたりまえで、先生は一枚一枚作品をながめて、「…級」と位をあたえるのが仕事だった。

戦争中の軍国教育は、わたしのいた中国東北の日本人学校では、とくにはげしかったと思う。作文の時間も、したがって同じように戦争のことだけが素材だった。わたしは、『ノロ高地』なんていうノモンハン事件の現状を書いた本を読んでいたせいか、タンク戦の勇猛ぶりを詩に書いて提出したことをおぼえている。

あれがはじめての文字の表現だったのだろう。作品がのこっていないから、どんなしろものかわからないけれど、戦中の小学生が書いたものだから、学校のいいなりになっていた。

記憶をたどっていくと、小学五年生のときの作文がうかびあがってくる。日本が戦争に負けたのは、わたしの小学四年生の夏だった。

わたしたち家族は、敗戦国の人間として中国東北から日本本土に引揚げるという体験をした。これは戦後日本がしなければならなかったことで、幾十万人という在外の日本人（もちろん軍隊も入る）を本国に送り返すという、大きな仕事である。

戦争に負けた国の国民を本土へ送り返すというのだから、ノンキな旅行とはほど遠いものが待っていた。

わたしたち家族は途中で家族の一人を失いながら屋根のない貨物車で港まではこばれ、そこから米軍の上陸用舟艇で、日本へもどってきた。およそ二カ月の旅だった。

母親の姉のところにたどりついて、そこから学校へ行くということになった。

その学校には、作文の時間があった。

わたしは、その一時間目に、引揚げてんまつ記を、ワラ半紙うらおもてにギッシリと書いた。書いても書いても、おわらなかった。

次の作文の時間は、この前提出の作文を先生が読む時間だった。

女の先生が、まず読んでくれたのは、おどろいたことに、わたしの作文だった。予想だにしなかったので、わたしはあわてて、机につっぷして、先生の朗読を聞いた。

「ひきあげ、たいへんだったんだね」

先生はそういってくれた。

それが、はじめてじぶんの文章を意識した時だったと思う。それがきっかけとなって、この学校にいた作文少年たちとのつきあいがはじまり、わたしは新しい学校に居場所を見つけたのだった。

無一文で引揚げて来たのだから、みんなはじめてのものと出会うことになる。島崎藤村の『破戒』なんて本が身近かにあったので、読んだ。兄貴が買って来た戦後派文学も盗み読んだ。どれもわかりはしなかったけれど、手もとにあったから読んだ。戦後派作家の文学は重くてあらあらしい文体で書かれていた。

そういうものは、今の時代を感じさせた。

そのころ、わたしはノートに日記をつけるようになり、その文体が、戦後派文学の影響をうけていたことを思い出す。やがて、中学の校友会誌に小説めいたものを書いたが、文体だけは戦後派的だった。

高校に入ると、超高校級の詩を書くやつが二人いた。わたしは父親が若いころ詩を書いていたことを思い出し、わたしも詩を書いてみたが、まことにつまらないものしか書けなくて、自らもあきれた。

「なあ、おまえは小説を書けよ」

そういわれて、がっかりした。わたしには詩を書く才能はない。

実際、詩を書こうとすると、自分の書きたいことが書けない。過去の詩人が書いたような変なものになってしまう。自分は、もっと現代の主題をあつかっているつもりだが、そういうふうには、まったくことは、はこばれない。これはまず、おどろいたことだった。

でも、詩を書いてみたい、という気持は消えなかった。いままで勝手にあやつっていたはずの言葉が、そういうことを拒否している。言葉はわたしが思っていたような簡単な道具ではない。言葉自体が持っている時間とか空間があって、それを認めてやらなければいうことを聞いてくれない。

大学生になったころ、わたしはまだ詩を書きたいと思っていて、練習をくりかえしていた。少しづつ、言葉との関係が自由になってくるのを感じたからである。

ある日、鉛筆をもって遊んでいたら、書きおわった詩のようなものが、ふいに動きはじめるのをおぼえ、はっとした。紙の上に書かれた文字が立ちあがる感じがあった。何だ！

何がおこったんだ！

文字は紙の上にねている。それが、今、書きおわった瞬間にいっせいに立ちあがる。

わたしはどきどきした。

そのころわたしは国立にいた。大学は高田馬場だったが、国立にはキャンパスに恵まれた一橋大学があった。その一角に腰かけるのに丁度いい岩があったので、そこにすわって詩を書くようになった。

一橋大学の外れの一角は、シーンとしていて学生の現われることはない。それをいいことにして、わたしは詩を書いた。

自分の大学の勉強もある。働いて生活費をかせがなければいけない身である。しかし、わたしは、言葉とのつきあいがおもしろくてそこにいる。魅せられたようになって時をすごした。

幾冊か、詩の記録帖ができあがった。こんな体験をしたことはなかった。

しかし、そのころ書いた詩は、ほとんど発表されず消えている。今思い返すと、作品はまだ未熟だった。そのあとに書かれたものから、自分の作品となっている。

しかし、貴重な体験だった。わたしはあのとき、自分の言葉をつくろうとしていた。

あの時の体験がはじまりの時だった。

みき・たく（詩人・小説家・童話作家）「かまくら春秋」8月号

晩年彩った淡いときめき

青来有一

2009年4月から5月半ば過ぎの一月ほどの間、父が最期の日々を過ごした末期のがん患者のためのホスピスの病室は、病院の最上階にありました。

1階には外来診療の受付もあり、人の出入りも多かったはずですが、私が父を見舞いに行くのは仕事を終えた夜か休日で、病院はいつも静かでした。

5階には、個室を中心に病室が十数室あって、ナースステーションと談話室、それから別に談話スペースもありました。ホテルのラウンジのようにソファがならび、ゆったりと話ができるスペースでしたが、そこで話をしたり、新聞を読んでくつろいでいる患者の姿はほとんど見たことはありません。廊下と談話スペースを区切るサイドボードに胡蝶蘭（こちょうらん）の鉢植えがずらりとならび、どこか夢まぼろしの入り口のような非日常の感じもしました。

人生の最晩年を過ごす場所は、日々の暮らしの雑音に心乱されることがなく静かに過ごすことがいいのか、日常のにぎやかな生活音の中がいいのか、父を見舞うたびによく考えました。

父は腰を痛め、在宅での看護は困難でホスピスを利用しましたが、父の長年の友人で、やはり癌で亡くなった方は、前日まで携帯酸素ボンベをカートで引っ張り、市場に買い物にも行っていたそうです。

可能なら最期まで日々の暮らしのにぎやかさの中で過ごすのが、一番いいのかもしれません。父が手すりを掴んで起き上がろうとしていた姿を思い出すたびに、あそこから脱け出したかったのだろうなあ、と今でも複雑な気持ちになることがあります。

ただ、病院の寝たきりの時間も単調な静けさの中で流れていたわけでもなく、毎日、父の妹夫婦は見舞いに訪れてくれ、にぎやかに笑ったり、おしゃべりもしていました。病院の中でも新しい出会いもあり、前回、ちょっと厳格な看護師さんに父がいらだったことを書きましたが、その逆のことも実はありました。

夕方、親戚から贈られてきた見舞いの品のびわゼリーを持っていったとき、父はちょうど食事中で、食後、デザートとして、父はぺろりとそれを食べ、残りのひとつを世話になっている看護師さんにお礼に渡したいと言うのでした。

翌日、冷蔵庫にジュースが数本ならんでいるので、どうしたのかと尋ねたら、見舞いに訪れた叔母に頼んで買ってきてもらったらしく、これもお世話になっている看護師さんへの、お礼のために冷やしているような話でした。看護師さんが患者からモノをもらうと困るよ、と言いかけて、思わずひとりニヤリとしました。

笑顔のにこやかな優しい印象の看護師さんで、父はそのひとにだけ、車椅子（くるまいす）で外出したいという希望を話していました。注意深く観察していると、その看護師さんが病室を訪れると父の痩せて青ざめた表情が輝きます。鎮痛剤の影響で、呂律（ろれつ）もまわりにくい口調でしたが、なにかとそのひとに話しかけ、看護師さんも顔を近づけ、熱心にその話を聞いて「はい」とうなずいてくれるのです。

今月はだいじょうぶだが、来月は一週一週、その判断をするようになると医師が語るほど、人生の最晩年を父は迎えていましたが、その内面がなんの音ひとつない、無力な静けさに支配されていたのではなく、どうやらざわめきがあるようなのです。限りなく淡い初恋のようなときめきが、父の内にゆれていたのかもしれません。あたりの静けさの中、父の胸中で高鳴る心音が、かすかに聞こえてくるようでした。

せいらい・ゆういち（小説家）　「南日本新聞」六月十一日

遠くに向ける目　忘れず

黒井千次

最近、遠くを見て暮さなくなったような気がする。遠くといっても、遥(はる)かなる山並みや海辺の如(ごと)き広大な眺めを指すのではない。身近な細々とした物の詰った屋内の光景ではなく、より開けた遠い世界、ただ見るのではなく、眺めるような離れたあたり——の光景のことである。

たとえば、近くにある地元の旧家の庭の先か、そのすぐ外側に幾本か並ぶ欅(けやき)の巨樹の眺めである。それら数本の樹木は、ただ古く大きいというだけではなく、独特の表情を備えている。

夕刻、杖(つえ)を手に散歩に出る。そしてふと空を仰ぐと、その数本の巨樹の内でもとりわけ大きな一本の枝一面に、小さな鳥達が寄り集って、一斉に鳴き交している光景によく出会った。落した葉のかわりに数知れぬ小さな鳥達が枝々を埋め、一斉に鳴き交している。

そしてある瞬間、何を合図にしているのか、どこか高い枝から小さな鳥達が飛び立ち、すぐに続けて高低の枝々から一斉に離れて空に散り、再び群れてどこかに向けて空を横に斜めに黒い点の集合となって飛び交い、やがて遠くの空に去って行く。後に残った巨樹は、迫り来る夕色の中に二、三羽の蝙蝠を黒いリボンの如く足許に配したまま、黙って立ち続けている。距離としては遠く離れているわけではないが、それは家の中の視界とは異質の眺めをちらつかせてみせる。おそらくは雀のような小さな鳥を主体にすると思われるが、遠く高い空を飛ぶ黒い点のような鳥達の正体は摑めない。

鳥達といえば、欅の巨樹や遥かなる夕空まで持ち出さなくとも、出会える場所はいくらでもある。

たとえば、住宅地の間に残された原っぱや家々の間を抜ける道路に張られた電線などにも鳥達の一群は登場する。道路から振り仰いだところでは、欅の大木に群れていた鳥達より、こちらの鳥達の方が明らかに大柄である。この尾の少し長い鳥は椋鳥というのか、などと勝手に想像してみることにする。夕空をバックに、四、五段に張られた太い電線に横並びにとまっているその姿は、遠景とはやや呼び難いけれど、夕空を背景にくっきりとした黒い影を浮かび上らせている眺めは、やはり遠景と呼びたい眺めを作り上げている。舞台は電線なので一羽一羽の姿もはっきりと見分けられる。電線の左端から五羽並んだ横に空席があり、三、四羽分ほどあけて、また幾羽かが横に並ぶ姿は何を示しているのだろうなどと考えてみたくなる。鳥達にも席の上下といったものがあるのだろうか、などと気にかかる。しかし、ここで頭の中の線は切り替えられる。しかし、それはいわば遠景の中での出来事であり、近景とは切り離された外界の事情で動くものであるのだ、と――。その中には自分は居ない。

いや、本当に自分はそこに居ないのか。見えにくいだけではないのか。離れた光景は見るのが面倒で近づきたくないから、その眼を自分のすぐ足許の、洗濯が終った温い衣類や足許の紙屑籠(くずかご)などに向けてしまうのではあるまいか。

この面倒臭さ、対象との距離の遠近の感覚が、つい遠景を遠ざけ、近景ばかりでことをすませようとしているのではないか――。

近くの自分が見えなくなるのは困るけれど、しかし遠くの自分が見えなくなるのもまた困る。

遠景の中の自分はどこに居て何をしているのか――。せめてその関心くらいはどこかにそっと育てていたい。

くろい・せんじ（作家）「讀賣新聞」六月三十日・夕刊

一緒に生きていこうぜ

植本一子

昨年、三ヶ月かけてトラウマ治療に取り組んだ。それは自分の中にある見捨てられ不安と呼ばれる性格をどうにかするため、意を決して始めたものだった。私の見捨てられ不安は、主に恋人に対しての執着で「どこにもいかないで」という気持ちから、常に不安な気持ちが拭えない。それは恋人との関係にも大いに影響を及ぼしていて、彼自身も相当しんどかったのではないかと思う。このままでは一緒に生きていくことは難しくなる、そう思い、最後の手段としてトラウマ治療があった。それ以前に、カウンセリングにも通い続けていたけれど、それはパートナーと付き合った期間とまるまる被っている。私が恋人と一対一で向き合っていくためには、自分の力だけではどうしても頼りなく、カウンセラーや周りの友人にいつも支えてもらっていた。そんな五年間だった。

トラウマ治療は私にとって覿面に効果があったように思う。治療は、過去の出来事を思い出しながら、先生の問いかけによって、どんどん記憶を掘り下げていく。それと同時に感情の書き換えのようなことをした。物事の捉え方が変わると、過去が今の自分の行動や考え方にも影響を及ぼしていることがわかる。全てがなくなったとはいえないけれど、以前よりも私は生きるのが楽に感じられるようになった。彼とのことも、嫉妬や執着がきれいさっぱり消えたわけではないけれど、そうしてしまう理由がわかったから、自分で歯止めをかけることができる。何より、モヤモヤとしていた感情を言葉にすることができるようになった。それは自分が自分でいることを認められるようになったのだとも思う。そう、私は変わったのだ。治療についての顚末は四月に出版した『愛は時間がかかる』という本に収めた。自分にとっても大切な一冊になったと思う。

ここからはその先の話になる。

治療を終えてしばらくは穏やかな日々が続いていた。彼との関係も、こんなに人と一緒にいるのが楽なのか、と内心驚いていた。同時に、私と向き合い続けていた彼はさぞ大変だっただろうなとも思った。これからも良い関係で一緒に生きることを続けていく、そんなふうに考えて安心していた。

治療を終え、変わった部分は多い。治療前ならば、彼と離れることに異常な不安を感じていて、どこへ行くにも一緒でありたかった。まるでお母さんから離れられない子どものように。実際、私は成育の過程でいくつかの問題があり、そうなってしまうのも仕方のないことだと今ならわかる。その執着がスッと消え、初めて、一人でどこかへ行ってみよう、と思ったのだ。

ちょうど友人が、とあるワークショップに参加して、それがとてもよかったという話をしていたのが心に残っていた。場所は岩手県遠野市で、四泊五日という行程。ワークショップの内容が、今の自分に興味のあるものだったことと、知らない人同士が集まる少人数制ということ、ファシリテーターの人を信用できそう、と感じたことで、募集開始とともに応募していた。以前の自分なら考えられないことだ。知らない場所で、知らない人と出会う、自分の意思で。私は着実に変わり始めていた。

それと同時に、うまくいっていたはずの彼とはある出来事をきっかけにぎくしゃくとし始めた。理由はわかっていて、だからこそ私も静観に徹した。前の自分なら音信不通になろうものなら、大パニックを起こしていたと思う。これは仕方のないことだと理解することができたから、彼とは連絡をとらないまま、私は一人遠野へ向かった。

ワークショップの宿泊施設には、馬がいた。乗馬用でも、家畜でも、まして食用でもない、いうなれば「ただそこにいる存在」としての馬が数頭、常に施設の周りをウロウロとしている。その馬の世話に週に何日か通っている、とくさんという人がいた。ワークショップの内容に、直接馬は関係ないのだけれど、せっかくだからと馬についてレクチャーしてもらう時間が設けられていたのだ。自然なコミュニケーション方法で馬と関わる実践をしている人で、ロープ一本で馬と一緒に歩いたりする。こう書くと難しくないように感じるかもしれないけれど、私はもちろん、参加者の人たちは、はじめ誰一人馬を動かすことができなかった。ロープを行きたい方向へ引っ張るだけでは馬は動かない。相手は五〇〇キロあり、人間の力ではどうすることもできない存在なのだ。それが、とくさんがロープを持ち、少しの動きを馬に対して促すだけで、馬はゆっくりと一緒に歩き出す。とても不思議なものを見た感覚になり、とくさんに隣についてもらっては何度も馬を動かそうと挑戦した。とくさんは、とにかく馬と「気」を合わせるんだ、と言い、それは、言われてみればわかるようでわからない、意識したことのない感覚だった。気は確かにある。でも普段それを感じようとはしていない。馬は言葉を話さないから、発するものが気と捉えられるのかもしれない。その気がお互いの間で合った瞬間だけ、同じ方向へ動き出すことができる。いとも簡単にやってのけるとくさんは、僕はスピリチュアルとかわからないんだけど、これは気としか言いようがないんだよねえ、と笑いながら軽やかに言うのだった。

そんなとくさんに、馬の言っていることがわかるんですか？　と、気になっていたことを尋ねてみた。それくらいできる人なのかもしれないと、真剣に感じていたからだ。するととくさんは、そんなのわかんないよ〜！　と軽く笑い飛ばし、でもね、前にこんなことがあった、と教えてくれた。

馬同士でのコミュニケーションには、頸（くび）と頸を交差させるものがあり、それは親愛の情を示しているとも言われている。ある日飼っている馬が、とくさんの首に頸を当ててきたことがあった。そういうタイミングはたまにあるけれど、その日だけは不思議なことが起こった。馬の頸が自分に触れた瞬間、ある言葉が身体に入ってきたのだという。それは「一緒に生きていこうぜ」だったんだよねえ、とまるでその瞬間を今感じてるように、とくさんは目を丸くして言う。そうとしか思えなかったんだよねえと、それはそれは嬉しそうに。

聞いた私は、稲妻が走ったかのように衝撃を受けていた。私には今、一緒に生きていこうぜと伝えてくれる人がいない。彼とは音信不通状態のまま、こんなに遠くまで来てしまった。目の前には、馬とも気を合わせられる人がいて、かたや私は誰とも気を合わせられていない。一緒に生きていく人を見失いつつある。

でもとくさんはこうも続けていた。あの時はたまたま自分がそのメッセージを受け取ることができただけで、もしかしたら馬はずっとこちらに発し続けていたのかもしれない。そういうふうに伝わってきたのは、あれが最初で最後だったと。

私たちは人間で、どうしても言葉に頼ろうとしてしまう。音信不通状態だった彼が数ヶ月ぶりに長文のメッセージをくれたのは昨日のことで、書かれている言葉は、五年一緒にいた彼の気持ちが初めて伝わってくるものだった。私たちはいつか、気を合わせられる日がくるのだろうか。もしかしたら、それは二人にとって初めてのことかもしれない。あの治療を経て、私が受け取れるメッセージも変わっているだろうから。これから私たちは別々の道を歩む。一緒に生きていこうぜ、というメッセージを伝え合える人を、それぞれが探し始める。

うえもと・いちこ（写真家）「文學界」9月号

修行と自由

佐々木　閑

コロナが流行する前はほぼ毎年、タイの仏教寺院を訪れていた。古都チェンマイから車で2時間ほどの山岳地帯、人里離れた森の中にある静謐（せいひつ）なお寺である。広大な森の中に小さな小屋が30棟ほど建っており、気に入ったのを選んで、そこに一人で寝起きするのである。

朝3時半頃起床するが、気候が温暖なので少しもつらくない。夜道を懐中電灯で本堂まで行くと、やがて三々五々、お坊様たちも集まってきて一緒に瞑想（めいそう）修行に入る。日本で言う坐禅（ざぜん）であるが、肩をピシパシ叩く怖い人もおらず、自分のやり方で自由に坐（すわ）ればよい。心がゆったりと広がるすてきな時間である。

夜が明ければ、往復4キロの道を歩いて近くの村まで托鉢（たくはつ）に行く。村人からもらったご飯は寺まで持ち帰り、皆で分けて食べる。これでその日の食事は終わりである。一日一食だが、おいしくて量もあり、一食で十分に事足りる。ここにいると「どうしてわざわざ三度も食べなければならないのか」などと世間離れした思いが湧いてくる。

日本で出家修行というと、厳しい試練を乗り越える根性主義の世界を思い浮かべるが、このタイの寺院で実感するのは「根性」ではなく「自由」である。一日一食のご飯が終われば、あとは夜までがすべて自由時間。ここにいるお坊様たちがどのように日々を過ごしているか、見たままに少しご紹介しよう。

1．一人で勉強する僧侶（必要な本やパソコンは信者たちが全部布施してくれる。好きな事を好きなだけ学ぶことができる）。

2．花壇の手入れをする僧侶（花が好きなお坊さんは、ニコニコうれしそうに一日中お花の手入れをしている）。

3．ファンの信者のところへ法話に行く僧侶（この寺のタイ人のご住職は高僧で、外国にまで招待されることがある）。

4．小屋の中で一人瞑想する僧侶（「これぞ修行だ」と私もまねしたが、気が緩んで寝てしまった）。

5．近くの険しい岩山に登り、頂上に坐って瞑想する僧侶（カッコいいので私もまねしたが、山登りがつらくて頂上でへたってしまった）。

6. 有志で集まり、木陰で勉強会をする僧侶たち（私も仲間に入れてもらって頑張ったが、森の風に吹かれてあんまり気持ちいいのでうたた寝してしまった）。とまあこんなふうに、同じ寺にいながら、やることは皆バラバラで、それぞれが自分にあったスタイルでゆったりと暮らしている。

2500年前に釈迦が仏教を立ち上げた時から、この生活スタイルは変わっていない。なぜこれほど自由にのびのび暮らすことができるのかというと、生活の目標が「自分の心の安らぎ」だからである。もしこれが、「教団を守り、信者の数を増やし、布施を集めて勢力を広げねばならない」などと組織拡大を目指すのであれば、上からの指示に従って集団行動をとりながら布教に精を出すという窮屈な閉鎖組織になってしまう。

釈迦は、巨大宗教を作ってそのリーダーにおさまるために仏教をつくったのではない。一人ひとりが「心の底から満足できる人生」を実現することが唯一の目的であった。私が行くタイの寺には、そういう釈迦の思いが生きている。文字通り、命の洗濯に行くのである。

ささき・しずか（花園大学特任教授）　「京都新聞」一月八日

ゆっくりという選択肢

中村和恵

国外にしばらく滞在して日本に戻ると、あらためてすごい！とおもうことがいくつかある。いいことも、わるいことも、両方。流通は、すごくいいことのひとつだ。モノの配達、とくに宅配と、人の運搬、つまり交通が、こんなに円滑な国を、わたしはほかに知らない。

届かない荷物

アメリカ中西部の町ミルウォーキーで、パプアニューギニアの小説をネット注文し、ニュージーランドの古本屋さんから送ってもらったことがある。この本が、ついに届かなかった。配達の途中で、どこかに消えてしまったのだ。しばらくして新聞に、シカゴの郵便配達員が、配達をさぼって郵便物を自宅にためこんでいた、という記事が載った。ミルウォーキーとシカゴは近い。ミシガン湖沿いに車で1時間半だ。もしかして……。

シドニーの人通りの多いアパートでは、親しい人からの長い手紙が、ちょっと目を離したすきに郵便受けから盗まれた。厚い封筒が金目のものでも入っていそうに見えたのか。メルボルンの宅配業者は水曜日に配送するといった有機野菜の段ボール箱を、月曜日の朝7時前に集合玄関にドサ、と置いていった。早く出かける予定で発見できてラッキー。再配達なんて当然ありえない。自分でとりにくるよう書かれた郵便局の不在通知は、入り口の床に落ち、ゴミと一緒にはためいていた。

愚痴をいうわたしに、イタリア人の知り合いは「イタリアよりまし」という。それを聞いたブラジル人の知り合いは「ブラジルよりずっといい」。荷物が無事届く、それは世界の多くの場所において、当然ではなく、ラッキーなのだ。

そういえば子どもの頃、親にくっついていった旧ソ連時代のモスクワで、日本からようかんが届いたので開けてみたら、歯形がついていた、と友達がいってたな。お口にあわなかったのか。

公共交通でも、日本では起こらないことが起こる。ロンドンの2階建てバスの運転手はいきなりバスを止め、腹がいたいからここでみんな降りてくれ、といった。それじゃ仕方ない、とぞろぞろ降りていく。これは日本では、ちょっとない。そういえばモスクワのトランバイ（路面電車）を運転していた女性が、市場の前でいきなり降りていって、でっかいスイカを抱えて戻り、何事もなかったように運転再開したこともあった。

でも中央アフリカの人にいわせれば、それがどーした、だろう。田中真知さんのとんでもなくおもしろいアフリカ紀行『たまたまザイール、またコンゴ』（偕成社）によれば、いつくるかも知れない、水上団地みたいに山と人が乗った幻の船を、数週間待ちつづける、なんてことは、コンゴ川ではめずらしくもないらしい。1分遅れただけでお客さまには大変ご迷惑を、と謝りながらあの本数、あの人数を連日こなしている山手線、指定した日の指定した時間枠にほぼ間違いなく配達してくれる宅配便のほうが、地上の奇跡なのだ。

便利の代償は

だが日本の物流や交通が、このままミラクルでありつづけられるという保証はない。働き方改革関連法により、2024年から物流を担うトラックドライバーの方々の時間外労働時間に、上限が設定されるという。長時間労働が問題視されてきたこの業界にとってはいいことだ、と単純にはいえないない側面がある。競争が激しく、荷主の要求に合わせないと仕事がとれない。運賃を容易には上げられない、いろんなサービスもやめられない。労働時間が減れば売り上げが減る、ドライバーの収入が減る。ドライバーの人員不足と高齢化が、さらに進む懸念がある。

配達・輸送業界では以前から過当競争と長時間労働が問題だった。そこにEC（電子商取引）の拡大が拍車をかけた。利用者のひとりとしてさらに悩ましいのは、ネット注文で信じられないほど簡単に、すばやく配達される各種ECサイトのサービスの労働環境がしばしば、きわめて過酷であるという現状だ。とほうもない便利は、当然だが、とほうもない無理の上に成り立っている。

この問題が大学のゼミで話題になったとき、「そんなに早く配達してもらわないでいい、と思うこともけっこうあるのに、ゆっくりという選択肢がない」といった学生がいた。たしかに、必要がないときでさえ、一律に急いでいる。「再配達は有料にしていいのでは」という意見もあった。まさに、再配達してくれるなんてこと自体、わ〜お、なのが世界標準なのだ。

お客さまは神さま、という日本のサービス業の教えは、そろそろ方向転換期ではないだろうか。すこしでも早く便利に、という流通の「進化」の必要性に、疑問を抱く人は案外、少なくないと感じる。働く人が不幸な場所は、トラブル発生の場所になる。少子化、

ＡＩ（人工知能）化、働き方改革——変化の波にのまれずに、「いままで通り」をアップデートする方法はあるはず。ゆっくりという選択肢、ぜひあってほしい。

なかむら・かずえ（詩人・明治大学教授）「北海道新聞」七月四日

金木犀香るメタバース

林　真理子

駅までの道を歩いていて立ち止まる。

あたりが甘い香りでつつまれていたからだ。金木犀（きんもくせい）の香りを、いつもこの季節に楽しんでいたことを思い出す。

ドアを開け、門までの路地、足元に金色の細かい花弁が散らかっていることがあった。そんな時顔を上げると、隣りの塀から金木犀の枝が手をさしのべている。ある時まで毎年、そのささやかな幸福を味わっていた。

隣りは広い庭を持つおうちだった。老齢のご夫婦が犬を可愛（かわい）がり、庭の樹々も大切にしていた。野鳥のための巣箱もつくっていたので、朝はさえずりでうるさいこともある。野生化したオウムが電線に群がっていたのは、ちょっと怖い光景だった。

その夫妻が施設に移るために引越していったのは4年前のこと。小さな家は壊され、庭木はすべてなくなり、その跡地に4階建てのワンルームマンションが建つことになった。

こんな静かな住宅地にどうしてと、近隣の人たちは驚き怒り、集会を何度ももったものだが、その甲斐もなく建築は進んでいる。わが家の塀の向こうに見えるものは、季節の樹々ではなく、工事中の白いシートなのだ。

土地の運命には逆らえない。駅に近いところでは大きな建設も始まっている。しかし私の頭の中では、いつしか失くなっていた町が出来上がっているのだ。帰り道、あの角を曲がると緑に囲まれた古いうちがあると思って帰る。工事中のビルが見えたとしてもやはりその家は建っている。金木犀の香が甦(よみがえ)る、私だけのメタバースなのだ。


はやし・まりこ(作家) 「日本経済新聞」十月二十四日・夕刊

堀江敏幸

いま暇ですか、時間はありますか

追悼 菅野昭正❖

構内をふらふら歩いている私を呼び止め、徹夜でお仕事をされていたのだろうか、大きな隈のできた両の眼を向けて、いま暇ですか、と先生は尋ねた。背広のズボンのポケットに片手をつっこみ、小銭をじゃらじゃら鳴らしているどこか無頼なその立ち姿には、骰子を投げる前の船長の憂愁がある。骰子はひとつなのに丁か半かの決断を迫られる思いで、いつも暇ですと正直に答えた。怖い眼にわずかな笑みが浮かんだ。これからつまらない会議に出なきゃならないんだけど中途半端に時間が余ってね、ちょっとつきあってくれませんか。

連れていかれたのはいかめしくて素っ気ない学士会館のカフェで、先生は小さな瓶ビールにハムサンドを注文され、ぼくはひとつもらうからあと食べなさいと言われた。私がふらついていたのは腹を空かせているせいだと思われたのだろう。なにを飲んだのかは記憶にない。ハムサンドはパンの断面が乾いていて、あまり美味しくなかった。緊張して味がわからなかったのかもしれない。先生はつまらなさそうにビールを飲み、時間がくるとポケットからじゃらじゃら小銭を出して支払を済ませ、背筋を伸ばして会議に向かわれた。いま暇ですか、ではじまり、最近なにを読みましたか、だれそれの作品はどうですか、などとあいだに質問があって、じゃあ、で終わる。そういう不意の対面授業が二度か三度はあった。早稲田から本郷の院に進んだ年のことである。なかなか溶け込めずにいた外様の学生を心配してくださったのだろうと、いまならわかる。

先生は前年秋に大著『ステファヌ・マラルメ』を上梓されたばかりで、演習では『骰子一擲』を扱われていた。あの本を書いていらしたころはぴりぴりしていて怖かった、きみの世代は運がいいと先輩にうらやましがられたものだが、いくら先生がやわらかくなっても浅学の身にマラルメの難解さは変わらない。教場で解説を拝聴しながらぼんやりしていると、ときどき考え込んで老眼鏡のつるをかじるさまが、あの詩のLE MAÎTREではなく知的な賭博師に見えて来たりした。あるとき友人たちと雑談をしていて、詩は難しいからいつか骰子を投げて出た目にあわせて、LE MAÎTREが殺められるようなミステリでも書いてみたいなあ、「殺しの前にマラルメを」というタイトルで、などと冗談を言ったところ、翌週の演習のあと先生から、きみはぼくを殺すミステリを書いてるそうだが、いつ完成するんですかと問われて狼狽した。

教室で教わったのは三年ほどでしかない。修論の主査をしていただき、なんとか博士課程に進学できたのだが、留学しているあいだに先生は退官された。

四半世紀ほど経って、都内の区立文学館の館長になられた先生の命で企画に参加するようになり、年に一度か二度、館長室でお茶を飲みながらお話しする機会にめぐまれた。「いま暇ですか」ではなく「時間はありますか」と問われた瞬間、まずそうにビールを飲んでおられた口数の少ない賭博師のたたずまいは消えて、若々しい老師がいた。いつ読んでおられるのか、詩でも散文でも、旬の文芸について先生の知らないことはなかった。内容は抽象にも具体にも及んだ。明晰で鮮やかな作品分析と、驚嘆すべき記憶力に支えられた辛辣な人物評。拝聴しているうちあっという間に時が過ぎた。先生が示されたのは、表面的な面白さではなく、作品を作品たらしめている内的な根拠をつかみとろうとする姿勢だった。

たとえば詩は、「意味と音と映像との精妙な組織を蓄積している」テクストに触れたとき「詩人の生のなかを一度だけ通過した内的経験にほぼ等価なもの」が抽きだされて、はじめて成り立つ(『詩の現在』)。小説なら、「いまこういう小説が書かれるのはなぜか。こういう小説はどこから出てくるのか」を考えさせるレベルになければ小説とは言えない(『小説を考える——変転する時代のなかで』)といったように。

主人公がいつも暇ですと告白しているに等しい『河岸忘日抄』という作品を書いたとき、「風変わりな定着生活を豊かにしようとする試みの記録である」と先生は評してくださったのだが、要するにこの時代に書かれなくてはならない根拠が見出せないことを遠まわしに諭されたのだろう。最後に館長室でお会いした日、別れ際に先生はくぐもった声で悪戯っぽく尋ねた。堀江君、きみの『殺しの前にマラルメを』はいつ完成するんですか。びっくりしてあわてふためき、いや、その、あの、書く前にもう一度先生にマラルメを教えていただかなくては、とごまかすしかなかった。万が一、若気の至りで発した言葉が実現するようなことがあったとしても、LE MAÎTREを海に沈める話にはいたしませんとお伝えしたかったのだが、それももう果たせぬ夢になってしまった。

ほりえ・としゆき(作家) 「すばる」6月号

角田光代

慎重に選ぶ　台所用品

購入の際に、私がもっとも慎重になるもの、それは台所まわりのものである。調理器や台所用品の種類の豊富さはすごい。全商品を把握できないくらい、微に入り細に入って取りそろえられている。ボタンを押すだけで料理ができる自動調理鍋といった大物から、トウモロコシの粒をきれいに外すコーンピーラー、キャベツの千切り用スライサー、ポテトチップスメーカー、と挙げはじめたらこの欄がすべて商品名で埋め尽くされるだろう。

こういうものがあれば便利だな、と漠然と思っていたところに、ドンピシャの商品が見つかる。それでも私は購入を迷う。たとえばギンナン割り器。私はギンナンが大好きだが、あの固い殻をどうしたらいいのかわからず、ギンナンは飲食店で食べるものと決めていた。

ところが世のなかにはギンナン割り器というものが存在する。これは、買うしかないではないか！　そう浮足立つが、待て待て、と心のなかに止める声が響く。

ギンナンが出まわるのは秋だけ。しかも毎食食べるわけでもない。そして、ギンナン割り器は、ギンナンを割ることにしか使えない。

「そのことにしか使えない」というのが、私にとっての最大の迷いポイントだ。反対に、使い道が三つ以上あると、「よし」と購入に踏み切ることができる。

ホームベーカリーがそうだった。あるとき私はホームベーカリー熱に取りつかれ、家電ショップに足を運び、インターネットで使用者の感想を読み、レシピ集でどんなパンが作れるのか学んだ。それでも購入に踏み切れず、迷いに迷い、パンばかりか、餅もできる、ピザ生地もできる、と知って、ならば買うか、と気持ちは傾いた。でもまだ迷い、ダメ押しに、中華まんの生地もできる、うどんもできる、パスタもできる、とわかったところでようやく「よし買おう」と決意にいたった。

なにゆえに購入をためらうか。買ったのに使わなくなる、ということに、ものすごく抵抗を感じるのだ。食器はいつか割れる、服はいつか似合わなくなる、掃除機はいつか壊れる。無意識にそう思っているからか、それらを買うときはそんなに長考しないし、用途をいくつもさがさない。

でも台所用品や調理器は、壊れるより確実に先に「使わなくなる」がやってくる。使われないのに、食器棚や流しの下にぽつんと存在し続ける。その姿はまさしく、活用できなかった私自身。そんなかなしい分身を見るに見かねて、処分するときの申し訳ない気持ち。

買うまでに1年くらい自分を説得し続けたホームベーカリーであるが、今は手元にない。パンは各種作った、天然酵母もやった、パスタもうどんも作った、ピザ生地も作った。本当に便利だった。思い出がたくさんある。でも使わなくなった。

パンは食べるより作るほうがたのしいと気づき、冷凍庫がパンだらけになったせいもある。近所のおいしいパン屋さんにはぜったいにかなわないと気づいたせいもある。ピザ生地は手でこねたほうが早いと気づいたせいもある。手放すときは、ひどい自己嫌悪を味わった。

私に断捨離は向かない。断捨離をはじめたら自己崩壊する。だから購入にいくらでも迷っていいのだ。その迷いこそ未然に断捨離を防ぐ、未断捨離だと思うことにしよう。

かくた・みつよ（作家）　「東京新聞」十月二十三日・夕刊

藤沢　周

心の海辺で

華やかな着物に、嬉しそうな笑顔。細身のスーツが似合うシュッとしたイケメンがいるかと思えば、真摯な眼差しで決意を胸にしている青年もいる。豪華な帯結びの女性や、派手な羽織に金髪のちょっとヤンチャなお兄ちゃんまでいて、なんとも若く羨ましい。

全国各地での成人式である。成人年齢は18歳に引き下げられたが、お祝いの式の参加年齢は大体の自治体が20歳としているようだ。

テレビ画面に映し出された若者たちの頼もしい姿を眺めていたが、ふと自分自身の成人式はいかなるものであっただろうと、四十数年前の記憶を追ってみれば——。出ていない。

成人式なるものに私は出席していないのである。

一体、何をしていたのか。いわゆる受験勉強、だったはず。この記憶の曖昧さには理由があって、私は今では珍しい大学受験浪人を3年間もやっていたのだ。

当時はそれでも一浪というのはごく普通だったが、二浪となるとかなり稀少。さらに三浪などと言ったら、出身高校では1人もいなかっただろう。20歳という年齢からして、二浪目最後の追い込み勉強をやっていたことになるが、それもじつは怪しいのだ。あの頃、私は大学受験よりも重要な大問題を抱えていて、勉強どころではなかったからである。

故郷新潟での一浪目の冬。幼い頃から綺麗だと思い続けていた雪景色を前にして、なぜかその時だけ、「なんで俺はこの景色を見て、美しいなんて感じるんだろう」と世界の無限性のようなものにつかまってしまったのだ。

考えれば必ず解決できると思い込んでいた愚かな若者であったから、未熟な頭から血が噴き出るのではないかというくらいに考え込んだ。じつに、気の毒かつ嘆かわしき受験浪人である。

雪景色は、なぜ美しいのか。美は、なぜ、美なのか…。分からない、分からない、分からない！

大げさにも、これは狂気に陥るかも知れぬ、と雪の中、猛然と走り出す。そして、すぐ近くの冬の海へ。それから毎日の海通いが始まったのだ。

仲間たちからも「終わった」と思われていた奇妙奇天烈な者が、ビシッとスーツなんぞを着て、成人式に出られようはずがない。海で焚火（たきび）をしながら、美について悶々（もんもん）としていたのである。思い出すだに、苦笑というか、噴飯ものであるが、当時の私にとっては生きるか死ぬかの最重要問題だった。

言語体系の外にある美を、言葉で説明しようとしていたのだから、愚かにもほどがある。喫緊の受験について考えねばならぬ時に、陰鬱にも海で1人焚火。父はすでに世を去っていたが、母にも怒られはしなかった。海に引きこもっていた馬鹿（ばか）息子を見守っていたというより、予備校に行っていると信じこんでいたのかも知れない。

成人式を迎えた今の若者たちなら、四十数年前の愚か者をいかに思うだろう。

自分としては、数式化も確率化も、あるいは論理でも説明できないものが世界にはあるのだという、ごくあたりまえなことを命懸けで実感したといえるのかも。成果とも合理とも無縁の遠い回り道をし、停滞して、そこでしか見られない風景と遭遇したと。それが昂じて、ショートメッセージや数式でスマートに表現するのとは対極の、人間世界の矛盾極まりない混沌を、鈍重な筆致で描写することになってしまったが。

若者たちを見ていて、この長引く新型感染症とウクライナ戦争で噴出した人間世界の愚かさや時代の野蛮さに、どうか諦めないでくださいと願っている自分がいた。こんなにも自国優先主義やフェイクニュースがまかり通り、政治は国民放棄の事態をごまかすためのアリバイに汲々とする有様。私が20歳だったら、この時代や世界とどう対峙するのだろう。

洗練された思考、即効性のあるメソッド、インパクトのある手段…。それは今の若者たちの方が圧倒的に長けている。それらのきらめくような才気を磨きつつも、数字にならないもの、すぐに結果が出ないものを視野に入れておいて欲しいとも思うのだ。どうやっても人間、何をするにも人。一筋縄ではいかぬ一人一人の生き様や業にまみれて、揉まれて、悩んで、創り上げていくしかない。

心の海辺で焚火をしながら、還暦過ぎの新老人は想っている。

ふじさわ・しゅう（作家）　「日本経済新聞」一月二十二日

ご恩わすれまへん

追悼 富岡多惠子 ❖

町田 康

昨年の三月頃、富岡さんから電話があり、「必要なら『正岡容集覧』を贈呈する」と言ってくださった。その時、ちょうど浪曲の台本を書き始めたところで浪曲について学びたいと思っていたところだし、もちろん浪曲以外の部分も読みたかったので、「是非とも頂戴したい」と言うと、「一巻本で貴重な本だ。仕事に役立てて欲しい」と仰った。

平成九年、富岡さんは『ひべるにあ島紀行』という小説で野間文芸賞を受けられた。同じ年、私は野間文芸新人賞を受けた。その時、富岡さんは新人賞の選考委員で、だから贈呈式では隣り合って座った。その時、富岡さんは膝くらいまである革のブーツを履いていて、受賞者として挨拶に向かう、その後ろ姿が、その場を圧倒して恰好よかった。その挨拶で富岡さんは、「スイフトは三百ポンドの賞金を掛けられたが私は三百万円を貰う」と言って人々を笑わせたように記憶するが、その根底には厳しく激しいものがあったように思う。

平成十三年に対談した折には、私の出身高校(大阪府立今宮高校)に関連して、まず今宮中学で教えていた折口信夫の話をされ、次に今宮中学に通った秋田實の話をされ、そして、秋田實の経歴をかいつまんで説明した後、「サンドバーグの詩を読むとよい」と勧めてくれた。いずれもその根底に厳しさとか苦さがあるからではないかと思う。

その時、富岡さんは私が十代の頃に出した「メシ喰うな!」という題のLP盤を持っていて、「この頃より着目して新聞に記事を書いた事もある」と仰った。それはその頃から数えても二十年前、いまから数えれば四十年以上前のもので、その頃、日本のロックの、そのなかでも底辺のパンクバンドの日本語で書かれた歌なんてものは、その頃の文学者にとっては道に落ちている吸い殻や空き缶くらいに価値がなく、とうてい目に入らなかったはずのものだった。しかしそんなものでも、体裁、パッケージにこだわらずその実質を見て、怪態でおもろい、とおもしろがってくださったのは凄いことであると思う。

それで思い出すのは富岡さんが自身の詩集について語ったことで、詩人として経歴を始めた富岡さんは、室生犀星詩人賞を受けたが、その詩集は、富岡さんの言によると、「そこら辺の紙に書いたものをホッチキスで留めただけのもので詩集の体裁を為していないもの」であったらしい。だから普通だったら目に止まるはずのないものなのだが、それを詩として読み、見つけた室生犀星は偉いということだった。

それを聞いて初めて自分は、『室生犀星』を読み、室生犀星のことを知った。というか詩のことを知った。だから例えば萩原朔太郎について書くとか話すとかをする際は萩原朔太郎も読んだけれども必ず『室生犀星』も読み返した。そんなことは他にも幾つかあって、『西鶴の感情』を読んで井原西鶴を知り、『釋迢空ノート』を読んで歌人を知ったのだった。

富岡さんの文章はいつも富岡さんの語り口調とともに頭の中で鳴る。語りの口調には語りの口調に特有の渋滞や飛躍がある。ところが富岡さんの文章はそうでありながら、小説でも『難波ともあれことのよし葦』といった随筆でも、それがなく、小気味よく明快である。でもやはりそこには語りの呼吸と間合いがあって、時には繰り延べるように転がる。だけど本筋から逸れない。一體どうやったらそんな風に書けるのかわからない。普通はどちらかしかできない。

『難波ともあれことのよし葦』という随筆集は題を見るとわかる通り、大阪にまつわる文章を集めた随筆集である。今言った富岡さんの語り口調のそのイントネーションは大阪の尻下がりのイントネーションで、富岡さんは大阪に対する思いの深い人だった。ことに上方の芸能については後から学んだものではなく、生活の中に普通に芝居や語りの芸がある時代と地域に暮らした人にしかない感覚官能を伴う知識教養であった。自身だけではなくそれを生んだ大阪の歴史や風土は富岡さんにとってどうしても突き当たる書いても書き尽くせない思っても思い尽くせないもので、それが富岡さんの仕事を進める力の一つであったように自分には思える。富岡さんは凡才の自分に目を掛けてくださり、要所要所で色んなことを教えてくださったがそれは自分が大阪出身であったことも大きいと思う。大阪出身でよかったと思う。

「手の調子が悪く、大きくて重い本を梱包するのは難しいから取りに来てちょうだい」と言われ、「はい、うかがいます」と言ったのに、その後、体調を崩して車で数十分の距離をなかなかうかがえず、その旨を電話で話したら、「それならば」と送ってくださった。体調も元に戻ったのでお礼にうかがおうと思う矢先にSNSでこの度のことを知った。お礼にうかがえなかった。今は、『正岡容集覧』もその他のことも仕事に活かし、今度こそは親切に報いたいと思っている。

まちだ・こう（作家）「群像」6月号

三浦しをん

なにを食べてる?

出張することになり、早朝の新幹線に乗りこむ。朝ご飯として車内で食べようと、乗車まえにコンビニで、鮭と辛子明太子のおにぎりを一個ずつ買った。

新幹線の座席に腰を落ち着け、「さて」とコンビニのレジ袋を覗く。どっちのおにぎりから食べようかなあ。やっぱり鮭かな。おにぎりの具のなかで、私は鮭が一番好きなのだ。子どものころは「好物は最後に食べる派」だったのだが、最近では一等最初に食べるようになった。

この変化はいったいなんなのだろう。加齢でさすがに胃袋が縮んできて、好物を最後まで残しておいたら、「おなかいっぱいで食べられないよう」ということもありえると学習したためだろうか。それとも、これまた加齢の影響か、どんどん我慢が利かない性格になり、欲望に忠実に、イの一番に好物に手をのばしてしまうのだろうか。

などと考えながら、鮭おにぎりを一瞬でたいらげる。おいしかった。やっぱり鮭はいい。間髪を入れずレジ袋を探り、取りだした辛子明太子のおにぎりの包装をはがす。

こちらもおいしい、と二口ほど食べたところで、「これ、ほんとに辛子明太子か？」と疑問が湧いた。かじりかけのおにぎりから現れた具をまじまじと眺める。赤っぽいペースト状の具で、辛子明太子だと強弁されれば「そうなのかもな」と同意しなくもない、という感じだ。つまり一言で言えば、「かぎりなく辛子明太子ふうのなにか」だと見受けられた。

だれなんだ、きみは。驚いた私は、レジ袋に入れた包装を引っぱりだした。そこには、「ねぎとろ茎わさび入り」と書いてあった。

その瞬間、最前おにぎりを買ったコンビニの棚が脳裏をよぎった。たしかに辛子明太子の隣に、ねぎとろ茎わさび入りのおにぎりが陳列してあった。私は、「へえ、近ごろは本当にいろんな具のおにぎりがあるなあ。でも今日はオーソドックスに……」と、辛子明太子のほうを手に取ったつもりだったのだ。しかしどうやら、視線のさきにあったねぎとろ茎わさび入りを誤ってつかんでしまっていたらしい。

いやあ、びっくりしたなあ。正体が判明したおにぎりを食べながら、私は感慨にふけった。

びっくりのポイントは、少なくとも三つある。

一、「ねぎとろ茎わさび入りではなく、辛子明太子にしよう」と明確に思って手をのばしたはずなのに、まんまと意思とは異なるほうをつかんでいた。

二、辛子明太子だと頭から信じて疑っていなかったので、二口ほど食べるまで、辛子明太子ではないと気づけなかった。

三、「いや、なんかちがうぞ」と気づいてからも、じゃあなんの具なのか、包装を見るまで、まるで見当がつかなかった。しかし、ねぎとろ茎わさび入りだと無事判明したいま、舌も脳も、まぐろとわさびの味と香りを鮮明に感知している。おいしい。もぐもぐ。

これらから導きだされるのは、「思いこみとは、相当強固なものである」ということだ。脳が考えていることとは裏腹な行動を取っていたのに、辛子明太子を選んだとばかり思っているから、誤りに気づけなかった。しかも、架空の辛子明太子味を無意識に脳で捏造してまで、「このおにぎりの具は辛子明太子だ」と補正しようとした。だが真相がわかったとたん、「なるほど、ねぎとろ茎わさび入りの味だな」と思いはじめた。

この調子でいくと、水を日本酒だと思いこめば、容易に酒の味が感じられ、酔っ払うことができそうだ。水が酒になるなら、ある意味、便利とも言えるからいいかもしれないが、人類の「思いこみ力」を逆手に取るというか悪用しようとするひとがいたら、どうだろう。

たまに、「すごく高級な食材を使った料理ですよ」と謳っているのに、実際は安価な食材だった、と発覚するケースがあるが、あれも「高級な食材を使ってるなら、おいしいんだろうな」という思いこみを悪用していると言える。「そんなの、舌が肥えてれば味わいわけられるだろ」と思うひともいるかもしれないが、ねぎとろ茎わさび入りと辛子明太子の味の区別がつかなかったものがここにいる！　それぐらい、思いこみ力とは強く危険なものなので、悪用してひとをだますような行いは厳につつしんでもらいたいものだ（私のおにぎりに関しては、だれのせいでもなく、自分の脳が勝手に自分をだましたわけだが）。

一個目の鮭おにぎりも、実はシーチキンとかだったのでは？　不安になり、念のため包装を確認してみたが、鮭は鮭だったのでよかった。満腹になった私は、車窓から外を眺める。ベランダで翻る洗濯物や、畑仕事をするひと。平和でのどかな風景が過ぎていく。

「この日常がつづくはずだ」という思いこみで、私たちの暮らしは成り立っているとも言える。もしかしたら愛も、思いこみなのかもしれない。だとすると思いこみには、「信頼」といううつくしい側面もある。この世界と自他への信頼が、思いこみとして表れるのだ。

辛子明太子がねぎとろ茎わさび入りで、狐につままれたような気持ちがしたが、車内で一人いろいろ思いめぐらし、「これはこれで、なかなかおもしろいびっくり体験だったなあ」と感じ入ったのだった（あくまでも前向き）。

みうら・しをん（作家）　「ハーバー美容手帖」12月号

ベスト・エッセイ2024

2024年6月24日　第1刷発行

編　著　日本文藝家協会
発行者　吉田 直樹
発行所　光村図書出版株式会社
東京都品川区上大崎2-19-9
電話 03-3493-2111（代）

印刷所　株式会社加藤文明社
製本所　株式会社難波製本

ISBN978-4-8138-0586-1　C0095
定価はカバーに表示してあります。